editora Urutau

rua do cajú, 478,
jardim das cerejeiras
06724-015
cotia-sp (brasil)

avenida peirao besada, 6 – 2D
36163 poio-pontevedra
(espanha)

[+34] 644 951 354 [espanha]
[+55] 11 9 4859 2 426 [brasil]

www.editoraurutau.com.br
contato@editoraurutau.com.br

[EDITORA]
debora ribeiro rendelli
[REVISÃO]
juliana palermo
[PROJETO GRÁFICO]
wladimir vaz
[COORDENAÇÃO GRÁFICA]
tiago fabris rendelli
[DIAGRAMAÇÃO E CAPA]
victor h. azevedo

dados internacionais de catalogação na publicação (CIP) de acordo com ISBD

Castelo, Carlos
C349r Risos no hospício: (Crônicas, aforismos & outros desvarios) / Carlos Castelo. - Cotia : Urutau, 2023. 144 p. ; 14cm x 22cm.

ISBN: 978-65-5900-541-3

1. Literatura brasileira. I. Título.

CDD 869.8992
2023-1961 CDU 821.134.3(81)

Elaborado por Odilio Hilario Moreira Junior - CRB-8/9949

RISOS NO HOSPÍCIO

(Crônicas, aforismos & outros desvarios)

CARLOS CASTELO

[primeira edição]
URUTAU
agosto de 2023

sumário

QUATRO MODOS ENGRAÇADOS DO MUNDO ACABAR

O físico inglês Stephen Hawking costuma dizer que não acredita em Deus. Para seus críticos, todavia, é Deus quem não acredita nele. Mesmo assim, uma opinião tão abalizada não pode ser ignorada por ninguém.

Para uma das mentes mais celebradas da ciência contemporânea, o fim do mundo é favas contadas. E, por ele, contaremos essas favas em um futuro não muito distante.

As hipóteses pessoais do cientista são as mais alarmantes. Desde que a Humanidade tem menos de seis séculos para construir naves espaciais e escafeder-se daqui, até que o Planeta Azul virará uma bola de fogo até o ano de 2600. Sem falar numa tese não confirmada de que o Homem seria substituído pelos bichos geográficos em menos de 15 anos, mas ainda é especulação do Reddit.

Pode até ser que essas profecias vinguem. Contudo, já começam a surgir correntes que veem nosso Apocalipse com mais desprendimento e até uma pitada de humor. Para esses cientistas, todos da Universidade da Jamaica, se o Homem é uma piada de Deus, o seu fim também será hilário.

Conheça alguns dos possíveis cenários alternativos para o fim do mundo:

EPIDEMIA GLOBAL DE GONORREIA

Um dia, uma pessoa é picada no Brasil por um *Aedes aegypti* com gonorreia. Depois, esse indivíduo vira fonte de infecção para o *Aedes aegypti* no meio urbano. Os macacos também passam a desenvolver gonorreia e infectam mais mosquitos. Quando os indivíduos passam a adquirir gonorreia em níveis alarmantes, o Ministério da Saúde informa que os estoques de penicilina acabaram. A epidemia de gonococos se alastra, entra em Pedro Juan Caballero e de lá caminha para o restante das Américas. Em menos de seis meses, o mundo é um *bas-fond* de filme de faroeste.

INVASÃO DE GODZILLAS

Após uma sucessão de erros num laboratório do serviço secreto nipônico em Fukushima, os ratos-cobaias para experiências químicas transformam-se em Godzillas. Como possuem genes de roedores, acabam multiplicando-se vertiginosamente e, em poucos dias, são milhões. Devoram a população japonesa, chinesa e coreana. Em seguida, dirigem-se ao Ocidente, comem o restante da população mundial e autoextinguem-se.

DESTRUIÇÃO PELO FLATO PRIMORDIAL

O rio Tietê é considerado o maior depósito de fezes do mundo. Numa manhã de janeiro, ao desembocar no oceano Atlântico, a massa fecal tromba com as águas salgadas, e uma bolha de quilômetros de altura — chamada pelos cientistas da NASA de Flato Primordial — inicia seu périplo pelo planeta. Passa pela América Latina, América do Norte, Europa, Ásia, Oceania e Austrália, sufocando as mais diversas populações com um bafio podre 117 vezes mais concentrado que o odor de um banheiro de rodoviária. Não há sobreviventes.

KIM JONG-UN

O ditador-mor Kim Jong-Un decide fazer um míssil intercontinental atômico diferente: ele é o míssil. Encomendado aos cientistas do programa nuclear norte-coreano, o KJU-UM será uma versão bem mais destrutiva que o Taepodong-2 — artefato balístico em três estágios, criado no início do século XXI. O KJU-UM possui uma confortável cabine onde o líder máximo da Coreia do Norte o pilotará até os Estados Unidos. Ela é toda decorada com Minions, personagens da Disney e Smurfs. Ao receber o alerta de ataque nuclear iminente, o sucessor de Joe Biden — um caipira ultraconservador que governa do interior de uma gruta em Duluth — promove a retaliação com bombas de nêutrons em forma de donuts. Não há sobreviventes.

MONDOVINO À BRASILEIRA

"Conhecedores" de vinhos, como é insuportável essa gente.

A categoria se multiplicou no Brasil desde que algumas adegas gaúchas resolveram criar uns vinhozinhos bem medianos e bem metidos a besta.

Logo os afetados de plantão passaram a achar que Garibaldi e região virara um grande filme *Sideways*, só que feito em *videotape*.

Foi então que o prosaico ato de sorver vinho passou a ser um rito mais engravatado que um conclave papal.

Não se pode mais ir a uma reunião social sem que apareça um mala com aquelas conversas de retrogosto, cor amadeirada, aroma rescendendo a frutas do bosque e minerais (mas pedra tem gosto?).

Dizem isso bebendo — digo, degustando — um Château Whatever Seleção — dos que têm até uva-passa na fórmula — e abrindo as ventas pra aspirar e expirar com grande formalidade aquela Dolly Uva com 14 graus de álcool.

Ridículo dos ridículos.

Sejamos razoáveis: a maioria dos vinhos a que os mortais como nós têm acesso não passa de *commodity*.

Não tem diferença nenhuma de uma banana.

E alguém compra uma penca assim na feira?

— Qual a denominação da fruta?

— São Tomé.

— E a safra dela?

— Ranquemos ônti do pé, sinhô.

— Como ainda está verde, imagino que precisaria de um tempo maior de maturação...

— Que nada. É só o sinhô botá a penquinha dentro anssim de um jornal. Amadurece que é uma belezura, viu?...

— Posso degustar uma?

— O sinhô qué um teco da bananinha?

O pior é aquele papo eterno de vinho "combina com o quê." Toda vez é a mesma lenga-lenga:

— Sou ortodoxo: pescado pra mim, só com vinho branco.

Aí vem o dono da casa, um carequinha de cavanhaque, fazendo-se de blasé. Começa ali o grande *must* da discussão enóloga:

— Perdão, mas bacalhau se bebe com vinho tinto! Eu li na última resenha do Parker.

O outro grande "expert" revida:

— Mas bacalhau nem peixe é! É crustáceo...

A polêmica ganha corpo e segue até o final da ceia, quando o anfitrião pergunta aos convidados que digestivo vão preferir.

— Clarete, cognac, poire?

A esposa de um dos polemistas, já meio bebaça, pede em tom esganiçado:

— Um Amarula!!

É largada sozinha na mesa por todos. É que, além de pedante, o clã dos "conhecedores" é implacável com quem resolve seguir seus próprios caminhos.

O BOOM DO SERTANEJO PÓS-GRADUAÇÃO

Ele era um produtor musical experiente. No entanto, mesmo com todo o seu conhecimento, a ideia que tivera parecia um pouco fora dos padrões. Ficou digerindo-a por um tempão. Até que começou a sentir que fazia sentido. Mais: que podia bombar.

O sucesso do sertanejo universitário, sem dúvida, era um ponto de partida para a sua aposta. Sentia que existia um segmento de público que, por menor que fosse, entenderia o significado do novo formato de música do campo que iria propor. Foi então que, antes de convocar uma dupla, começou a esboçar possíveis canções para o novo movimento musical. Batizou-o de sertanejo pós-graduação.

Uma madrugada, no estúdio de gravação, pegou uma folha de papel e escreveu a livre adaptação de uma famosa canção. Ficou assim:

"Toda vez que eu viajava pela estrada de Ouro Fino
De longe, eu avistava a figura de um filósofo
Que corria abrir o Montaigne e depois vinha me pedindo
'Leia pra mim, seu moço, que é pra eu ficar ouvindo'
Quando a boiada passava e a poeira ia baixando
Eu jogava uma moeda e ele saía sofismando:
'Obrigado, boiadeiro, que Platão vá lhe acompanhando'
Pra aquele sertão afora meu berrante ia tocando
Na minha viagem de volta qualquer coisa eu cismei
Vendo a porteira fechada, o filósofo não avistei
Apeei do meu cavalo e no ranchinho à beira-chão

Vi a dona Simone chorando, quis saber qual a razão
'Boiadeiro veio tarde, veja a cruz no estradão
Quem matou meu Jean Paul Sartre foi um boi sem coração'
Quando passo na porteira até vejo a sua figura
Fumando o Galouises, mais parece uma loucura
Vejo seu rosto sagaz desejando-me boa leitura
A cruzinha no estradão do pensamento não sai
Eu já fiz um juramento que não esqueço jamais
Nem que o meu gado estoure, qualquer coisa assuceder
Neste pedaço de chão vai ter uma Casa do Saber"

O que era para ser apenas uma letra que servisse de modelo ao sertanejo pós-graduação tornou-se imediatamente um hit.

Ele havia pedido a uma dupla, ainda sem nome, que gravasse uma 'demo' de 'Filósofo da Porteira'. Mas a música acabou vazando no YouTube, e tiveram de oficializar tudo às pressas. Já no primeiro dia, os *views* bateram a casa do milhão.

Logo veio a primeira dupla do movimento: "Materialista e Metafísico".

Foi logo seguida por muitas outras, na mesma linha, como "Hanna e Heidegger", "Seo Engels e Cumpádi Nietzsche ", "Trio Existencialista" e "Gurizada Dialética".

O sertanejo pós-graduação estava virando uma realidade.

O show no saguão da Faculdade de Filosofia, Ciências e Letras da USP representou para o gênero o que o espetáculo do Carnegie Hall foi para a bossa-nova. Acorreram ao megaevento desde bandas famosíssimas de country norte-americano a seguidores da Escola de Frankfurt.

O auge da noite foi a homenagem a Jürgen Habermas. A orquestra de 117 berrantes e o coral de cowboys de Barretos entoaram trechos escolhidos de sua obra "O pensamento pós-metafísico", emocionando a plateia de lavradores, garimpeiros, criadores de gado Nelore e pós-doutorandos em Matemática Pura da Escola de Estudos Filosóficos Avançados de Brandenburgo.

No final houve disputa de touro mecânico entre pensadores pós-modernos e construcionistas.

Por tudo isso, pode-se dizer com certeza: o sertanejo pós-graduação veio para conquistar o país com suas letras que misturam questões filosóficas ao melhor do capim-gordura, da bosta de vaca e do incêndio criminoso no bioma.

67º BATALHÃO DE INFANTARIA DE SELVA

Este paraíso fica a 980 quilômetros a Sudeste de Manaus. Os atrativos são inúmeros, e uma estadia de um mês ali é pouco tempo. Inclusive porque até chegar ao aquartelamento são cerca de nove dias de viagem, entre avião de carreira, monomotor, balsa, canoa, nado e abertura de picadas na mata. Não deixe de pedir ao sargento Nobre que lhe mostre sua coleção particular de pernilongos, mosquitos e mutucas.

Bom para: famílias, caçadores de aventuras, mutucas.

TIRO DE GUERRA DE PAJEÚ DO PIAUÍ

A chapada piauiense, com temperaturas médias, durante a noite, de 48 graus, é o cenário ideal para uma experiência real de guerra. Você e sua família serão uniformizados, armados e colocados numa tropa que enfrentará o Comando Militar do Leste. Comida e água devem ser providenciadas pelos próprios turistas. Em caso de sobrevivência, inicia-se a segunda etapa da hospedagem com limpeza de canhões, conserto de tanques e jipes.

Bom para: famílias com crianças.

26º BATALHÃO DE AMOTINADOS DA PM

Um misto de férias com aprimoramento cultural. No arrebatador ambiente do 25º, você aprende técnicas de desestabilização de democracias latino-americanas à base de força bélica. Para cada hóspede há um monitor que ensina desde a montagem de uma bazuca até História da Alemanha e Itália na Segunda Guerra. A opção de técnicas de interrogatório está disponível, mas deve ser paga à parte.

Bom para: turistas que apreciam programas culturais somados à aventura.

DEPÓSITO CENTRAL DE MUNIÇÃO

De longe, o programa de lazer mais explosivo. O DCM fica no centro do Rio de Janeiro e oferece uma das atrações mais procuradas por turistas do mundo inteiro: o "Desmonte a Bomba". Você e sua família têm cinco minutos para encontrar, numa área de 17 mil metros quadrados, com toneladas de pólvora, uma bomba de napalm acionada e escondida nas dependências do quartel. Caso o artefato explosivo não seja encontrado, é bom que se avise antes, o seu dinheiro não será devolvido pelo Depósito. Devido à alta procura, recomenda-se reservar com muita antecedência.

Bom para: depressivos, cardiopatas, desenganados.

19º BATALHÃO DE PARAQUEDISTAS

Subir num velho avião militar, colocar um paraquedas, saltar no oceano e nadar por quatro dias até chegar à costa do Maranhão. Isso tudo usando apenas as pernas, já que o treinamento exige que os outros membros fiquem atados a uma corda de nylon. Você não vai encontrar turismo de adrenalina mais completo do que esse. A festa de sua chegada em São Luís não inclui bebidas e fogos de artifícios.

Bom para: desiludidos existenciais.

OS TRÊS DOCUMENTOS

(com Antônio Maria)

Aqui estou, no recesso do lar, olhando três fotografias de três documentos: RG, carteira de motorista e passaporte. Os papéis parecem conversar comigo.

— *E aí, meninão do Piauí, morando na São Paulo dos anos 1970? Curtindo rock progressivo, indo a shows de Rick Wakeman no estádio da Portuguesa. E metido a Henri Cartier Bresson do Sumarezinho, sempre empunhando uma Asahi Pentax SP-II. Todos esses apetrechos e singularidades se prestavam a somente uma coisa: chamar a atenção de duas ou três moçoilas do Colégio Bandeirantes. As três que os outros 300 colegas desejavam. Daí a pose de galã da RKO na fotografia do Registro Geral. O cabelo comprido, cuidadosamente descuidado, monocelha, barba rala de recém-saído da adolescência. Era preciso criar um tipo, senão a concorrência atropelava. O grande desejo, no frigir dos ovos, era atingir a maioridade e conseguir veículo e habilitação, não era?*

Canso de olhar para a idosa carteira de identidade e coloco a CNH diante dos olhos. É a primeira de muitas, ainda num formato que não existe mais.

— *E conseguiu os dois, não foi, jovem? Com 18 anos (e um dia) se inscreveu na Autoescola Guerra. Foi treinar baliza nas travessas da Heitor Penteado. Talvez tenha sido sua maior alegria ter passado no exame do Detran. Tanto que esqueceu o estimado casaco de general no banco de trás do chevettinho da Guerra. Agora, sim, era gente grande. Ao receber do pai as chaves do Fuscão preto, já adotara um bigode à Zappa. Novas playlists, novas aventuras, novos destinos. Porres, brincadeiras dançantes, Minister, Ana Maria. A Aninha, com quem, tempos depois, se desentendeu por bobagem e nunca mais viu. Mas havia tantas outras Anas. Ana Sílvia, Ana Paula, Ana Teresa, Anabela. Todas a bordo do Fuscão, de rodas Scorro, ouvindo Joe's Garage e fumando Carlton.*

O passaporte, requerido para uma viagem a trabalho, traz uma foto atual. Os cabelos já encanecidos, olheiras, um papo herdado do pai e uma expressão semicansada.

— *Quantas viagens! Uma pessoa que sai de Kathmandu num dia e chega a Londres no outro ou é comerciante de sedas, ou membro do ISIS. E esta então? Liechtenstein. Você deve ser parente dos príncipes Grimaldi. Um passaporte carimbadíssimo, sem dúvida. Américas, Caribe, Europa, Ásia. Um piauiense trota-mundo. Qual será a próxima?*

Empilho os três documentos e os disponho na pasta plástica azul. A vida tem sido uma grande jornada. Mesmo com tanto isolamento. Por isso, não me sai da cabeça aquele verso do Álvaro de Campos: "afinal, a melhor maneira de viajar é sentir".

A METAMORFOSE DE G.

Numa manhã, ao despertar de sonhos febris, Greguinaldo deu por si na cama transformado num oficial da SS. Estava deitado sobre o dorso. Seu uniforme tão bem passado que parecia revestido de metal. Ao levantar a cabeça divisou a faixa sobre o ventre. Ao lado, as medalhas de cruz maltina e as conquistadas por bravura no campo de batalha.

"O que me aconteceu?" — pensou. Não era um sonho. O quarto de sua casa, bastante acanhado, estava ali, como de costume, entre as quatro paredes que lhe eram tão familiares.

Por cima da mesa, onde estava deitado, desembrulhada e em completa desordem, uma série de amostras de roupas: uma jaqueta preta com suas divisas, camisas branquíssimas, calças de culote, uma bota de montaria e o chicote.

Na cômoda, reluzia uma pistola Luger, com abafador de ruído na ponta do cano, e uma cartucheira de balas prateadas.

Levantou-se, mirou-se no espelho e não acreditou no que viu. Como ele, até poucas horas atrás, um motorista de táxi, podia ter se transmutado "naquilo"?

Tudo bem, era reacionário, tinha posições políticas de extrema-direita e, durante as últimas eleições, brigara com os familiares a ponto de cortarem relações. Contudo envergar aquela farda e ter uma pistola a seu lado era algo inimaginável.

Abriu a cortina e, para aumentar seu pasmo, reparou que na calçada não estava estacionado seu Fiat Uno branco, mas um Mercedes-Benz, 1941, preto. Era um modelo exclusivíssimo. Tinha bandeirinhas nas laterais, ornadas por águias, um veículo daqueles usados apenas por líderes do naipe de Himmler, Speer, Goebbels e o Führer.

Greguinaldo decidiu tomar seu desjejum, quem sabe não o ajudaria a sair daquele transe matinal? Qual não foi sua surpresa ao ver a mulher e a filhinha vestidas com trajes tipicamente germânicos: cabelos com flores campestres presas ao coque, camisas bufantes apertadas por uma jaqueta justa, saias pespontadas. Ao notá-lo, a esposa anunciou que havia salsichas com chucrute para o café:

— *Guten Morgen! Ich habe Würstchen mit Sauerkraut zum Frühstück gekocht.*

Estavam falando alemão com ele, mas como assim? Eram todos brasileiros naquela casa...

Protestou, dizendo que era um absurdo, mas o que saiu de sua garganta foi que adorava salsichas logo cedinho — na língua de Goethe.

— *Wunderbar! Ich esse sehr gern Würstchen zum Frühstück!*

Ao ver que não havia remédio, decidiu remediar. Comeu as *frankfurter* com calma, o café sorveu em silêncio. Em seguida levantou-se, despediu-se dos familiares e saiu.

Na calçada respirou fundo e pensou: sim, talvez fosse melhor aceitar a nova natureza. Se até a filha virara "aquilo", por que não ele?

Antes de entrar na reluzente Mercedes 1941, chicoteou o mendigo que dormia em frente à sua casa.

B.O.

A primeira vítima compareceu a esta Unidade Policial para informar que fora subtraída de seus bens. Relatou que vinha caminhando até o estacionamento onde deixara o veículo. A poucos metros da entrada do referido estabelecimento, foi abordada por um rapaz. Este passou a destratá-la verbalmente com palavras de baixo calão.

A comunicante referiu ainda que o autor do furto não aceitou sua carteira com cartões de crédito e dinheiro. Disse que queria o livro *O Som e a Fúria*, de autoria do norte-americano William Faulkner. O livro estava sob a axila esquerda da vítima. Se a depoente não o entregasse na hora, seria retalhada por uma peixeira que o meliante trazia no interior do casaco.

Após a entrega da obra, o punguista pulou na garupa de uma motocicleta, fugindo do local na companhia de um comparsa.

Situação semelhante foi relatada por outra vítima. Disse que se encontrava em casa, à noite, na companhia da amásia. Que assistiam ao filme *O Demônio das Onze Horas*, do realizador francês Jean Luc Godard. Foi quando ouviram um ruído na parte externa da residência. Afirmou o declarante que, munido de uma lanterna, se dirigiu ao jardim. Que, ao iluminar a área, viu três mascarados. Os elementos, ao perceberem sua presença, o amarraram e amordaçaram. Em seguida, entraram na casa. Aos gritos e ameaças, exigiram que sua camarada mostrasse onde ficava a biblioteca. Após a vítima os conduzir ao local, o bando passou a empilhar as brochuras no chão.

Todavia, explicou o casal, eles davam preferência a obras de autores como William Shakespeare, Thomas Mann, Marcel

Proust e Jorge Luis Borges. Segundo os mesmos, o momento de maior perigo foi quando um dos marginais passou a pressioná-los para que revelassem onde estavam as obras do filósofo austríaco Ludwig Wittgenstein.

Disse a reclamante que não se recordava das mencionadas edições na biblioteca. Que haveria apenas alguns volumes de Jean-François Lyotard. Um dos assaltantes, confirmou a vítima, começou a surrar seu companheiro com uma edição capa dura de *Na margem do rio Piedra, eu sentei e chorei*, do escritor brasileiro Paulo Coelho.

Contou o amasiado que, ao ouvirem naquele instante o apito do guarda-noturno, os delinquentes decidiram levar os livros selecionados, e ainda o de Lyotard, escapando pelo muro traseiro da residência. Relatou o mesmo que fugiram numa van lotada de obras literárias. Antes de partirem, declarou a amancebada, descarregaram suas armas em livros de autoajuda que estavam separados para doação.

Uma derradeira vítima também compareceu a esta Unidade Policial para lavrar um boletim de ocorrência sobre um "sequestro--relâmpago". O ocorrido teve lugar na mesma semana dos relatos acima. O indivíduo confirmou que estava em sua bicicleta quando foi abordado por um carro.

Que foi obrigado a entrar no referido automóvel e se dirigir a uma livraria com três malfeitores. Um deles adentrou com a vítima na seção de Literatura. Ali, sempre ameaçado por uma arma que o bandido trazia no bolso do paletó, relatou que teve de escolher os livros que o mesmo ia solicitando em voz baixa. Afirmou que foram seis títulos: três do norte-americano Donald Barthelme, dois da contista estadunidense Flannery O'Connor e um do poeta brasileiro Manoel de Barros. Em seguida, foram até o caixa, e a vítima foi obrigada a pagar a compra com seu cartão de crédito.

Os casos denunciados foram encaminhados à Secretaria Especial de Cultura, que os arquivou e incinerou.

MEU GURI

O guri no mato, acho que tá rindo.
Chico Buarque

Era domingo. Alicinha e Caíto estavam pagando a conta no restaurante japonês do shopping. Almoçar no *Yoshie* era um programa frequente do casal. O chef até preparava sashimis especiais em forma de flores e os presenteava. Terminaram o chá verde, pegaram a SUV no valet e retornaram ao dúplex.

Numa travessa da avenida Santo Amaro, Alicinha avistou o menino na caçamba de lixo. Era um gurizinho, dos seus nove anos, assustado, que remexia a lixeira em busca de restos.

— Ai, amor, que dó! O pobrezinho catando comida...

Caíto estacionou o carro e ficou olhando a cena. Alicinha implorou:

— Ai, amore, vamos pegar?

Não era a primeira vez que a esposa fazia um pedido assim. Era coração mole, não podia ver um abandonado que já queria cuidar. Caíto ponderou:

— Li, você sabe, né? Não é só brincar e passear com ele. Tem alimentação, vacina, médico, roupinha.

Ela nem ouvia.

— Vamos, vamos levar o guri!

Horas depois, Guri (foi esse o nome dado a ele) estava almoçado, banhado e trajado para sua primeira consulta.

— Achamos largado na rua, doutor, como está a saúde dele? — quis logo saber a ansiosa Alicinha.

O pediatra deu o parecer:

— No geral, parece bem. Vou aplicar as vacinas e prescrever um vermífugo. No mais é passear bastante, especialmente ao sol, e alimentá-lo bem.

O menino fez sucesso no aniversário de Alicinha. As amigas acharam o gesto de adotá-lo chiquérrimo. Todo mundo queria fazer carinho, ficar perto dele. A questão é que Guri não falava. Ninguém sabia se era mudo, ou se o silêncio vinha de algum trauma. O que o garoto gostava mesmo era de correr. Boa parte do dia passava se espalhando pela casa.

— Sinal de que está bem cuidado — dizia, orgulhosa, Alicinha.

Numa dessas disparadas, infelizmente, Guri acabou tropeçando e espatifou a coleção de saquês raros que Caíto trouxera de Tóquio.

Foi um bololô. Ao ver a tragédia, Caíto saiu correndo atrás do danado. Mas Guri era veloz. Escapou pelos cômodos com aquele desvairado em seu encalço. Por onde passavam derrubavam vasos antigos, cristaleiras, copos de bico de jaca. Quase destruíram tudo, não fosse a firme intervenção de Alicinha.

Guri ficou de castigo. E o casal combinou que ele teria aulas de etiqueta para assimilar melhor o ambiente em que vivia.

As classes de modos à mesa, maneiras de se vestir, formas de se dirigir aos outros enfadavam Guri. Ele só queria correr. Mesmo assim, por determinação de Caíto, ficaria ali apenas se adquirisse um mínimo de educação.

Numa quinta-feira, ao voltarem de um happy-hour com os Caldeira e Silva, Alicinha e Caíto deram com o dúplex vazio. Vasculharam os ambientes de cima a baixo, depois o condomínio inteiro: Guri tinha corrido, dessa vez de casa. Nem suas lindas roupas e os brinquedinhos quis levar.

As buscas feitas pela polícia duraram mais de mês e foram em vão. Alicinha, deprimida, foi ao psiquiatra, que aumentou sua dose de *Venlafaxina* para 150 miligramas.

Num domingo, ao achá-la menos abatida, Caíto a levou ao *Yoshie*. Degustaram os sashimis florais e o saquê premium de sempre. Antes de pegarem a SUV no valet, Caíto entrou no pet shop do shopping e saiu com um filhote de buldogue no colo. Entregou-o a Alicinha dizendo:

— Taí seu novo Guri.

O HUMONAZI

Depois das feminazis, parece estar surgindo uma nova categoria reaça no país: o humorista nazista.

Como o humocomuna, abundante nos anos 1970-80, o humonazi presta um desserviço à galhofa. Humorista não é de direita, de centro ou de esquerda, é do contra. E revogam-se as disposições em contrário.

Chama a atenção no humonazi, no entanto, um aspecto. Como esses indivíduos são perturbados mentalmente, usam seus textos e espetáculos de comédia stand-up como terapia. Todo aquele ódio que sentem por minorias, ou por qualquer um que não pense como eles, é canalizado para piadas ruins. Anedotas bisonhas que ele divide com seu público, ignorante e extremista feito ele.

Convenhamos, ser humonazi é uma excelente maneira de ficar bem na foto. Você cria esquetes propondo coisas disparatadas, como o uso de armas ou esterilização de desvalidos, faz um bando de beócios rirem de suas ideias estultas, e ainda ganha uma grana.

Infelizmente, o humonazi não atua apenas em palcos. Sua presença mais marcante é nas redes sociais. GIF's, tuítes e memes com design de gosto altamente duvidoso e mensagens ainda mais sem noção — eis aí o que ele sabe fazer de "melhor".

Há os que preferem o textão. E ali, sempre num tom acima de agressividade, lançam-se como hunos sobre seus alvos favoritos. Brotam pelas linhas piadas racistas, sobre pobres, atacando deficientes físicos, gays, travestis e tudo o que estiver no manual de redação de Goebbels.

Uma das especialidades do humonazi é o texto argumentativo em que defende a ditadura militar. Evidentemente são composições toscas, nas quais premissa não conversa com peroração. E peroração não dialoga com conclusão. Mas para que se preocupar com a construção de um discurso, quando quem o consome é uma piada? Piadas não analisam tentativas fracassadas de fazer piadas.

Uma coisa é plausível: ser humonazi hoje em dia dá muito ibope. E, por conseguinte, bastante dinheiro. Por isso, a profusão desses espectros pela mídia. Vampiros que se alimentam de almas vadias e vomitam o fel de suas aberrações cerebrais sobre uma plateia que ama de paixão a fealdade.

Com tudo, isso ainda acredito que, numa democracia, deve haver lugar pra qualquer tipo de manifestação artística. Até a dos humonazi. Que se apresentem então os hitleristas metidos a engraçados. Mas não na categoria humorismo. Mais justo seria no setor de pompoarismo ou qualquer outro exotismo desses. Só não digo que o ideal seria seus espetáculos virarem experimentos psiquiátricos, à la Gulag, pra não falarem que defendo humocomuna. Mas aí já é assunto para uma outra crônica.

ERA UM DOMINGÃO

Domingo fomos ao shopping para não comprar algumas coisas que precisávamos.

Chegando lá, começamos o passeio não almoçando num restaurante japonês. Depois de não comer sushis e sashimis diversos, não fomos tomar café na livraria. E não compramos um monte de livros que estavam na promoção. Em seguida, não pegamos um cineminha e não compramos pipocas.

Adoramos fazer isso sempre que dá. Ficamos dando um rolê pelo lugar, olhando as vitrines. E me fala: o que é parar num quiosque e não tomar uma casquinha? Obrigatório! Foi o que a gente fez. Eu não tomei sorvete de flocos, meu irmão não tomou de chocolate belga e meus pais não se deliciaram com o favorito deles: pistache.

Uma das coisas práticas desse lugar é que, além de ser pertinho de casa, tem o hipermercado. Pegamos então um carrinho dos grandes e fomos não levando todas as coisas para o mês inteiro: não compramos carne, arroz, feijão, frutas, legumes nem produtos de limpeza. Meus pais estavam megagenerosos e me deixaram não levar um pacotão de batatas fritas. Amo não comer salgadinhos!

No fim da tarde, voltamos para o apartamento. Ajudei meu pai a não honrar uma série de boletos das prestações da escola. Ele me dava o título, eu rasgava e jogava no lixinho. Meu irmão e minha mãe faziam o mesmo: não pagavam as contas de celular, condomínio e gás. Ficamos nessa função até às sete e meia.

Em casa, aos domingos, a gente não vê a hora de chegar esse horário: é o momento de não comer pizza!

É tipo tradição familiar. O problema é a briga para decidir os sabores. Dessa vez, não pedimos uma de três tipos para que todos ficassem contentes: calabresa, alcachofra e quatro queijos. Eu, como sempre, não tomei meu tradicional refri, o maninho não bebeu seu suco de laranja.

E os meus pais, já sabe: adoram não comer pizza não tomando cervejinha gelada.

Um típico domingão, como tantos outros. Quando saímos da mesa, ligamos a TV e ficamos pulando de canal em canal. Toda vez que passa o comercial do *Residencial Le Muquiffe*, não dá outra: minha mãe suspira e fala:

— Ah, um dia a gente não compra uma casa nesse lugar maravilhoso!

Quando entra a propaganda do SUV *El Tonto*, com tração integral nas quatro rodas, é meu pai que comenta:

— Por mim, eu não comprava era essa máquina!

Ai, como é bom a gente poder consumir. E ainda existem pessoas que são contra o capitalismo. Gente estranha...

O GATO CONDIMENTADO

Otto Lara Resende tem uma crônica de 1992 chamada "Zano". É sobre um gato que fugiu de sua casa. Reli-a recentemente numa coletânea e resolvi contar a minha história sobre felinos.

Muitos autores interessam-se por esses animais gloriosos e misteriosos. Só que eu, é curioso, até então só havia escrito sobre cães e peixes beta. De fato, felídeo, em casa, só houve um. E por completo acaso. Mas "esse um" fez História e abriu muitos precedentes.

Numa noite fria e chuvosa (sem clichê), uma gata entrou em meu domicílio — até hoje não sei por onde — e decidiu parir no quartinho dos fundos. Da cozinha ouvi uns murmúrios e fui averiguar. Ao chegar ao dormitório, já haviam batido cartão no mundo três bebês-gato.

O rumorejo era da mamãe, estava com dificuldades na *délivrance* do quarto filho. O bichinho estava nascendo sentado, dava até pra ver a pata saindo da aflita genitora. Fiquei receoso de bancar o parteiro. Mas ou ajudava, ou a pobrezinha deixaria três órfãos e um falecido.

Puxei com suavidade a patinha. O bichano veio vindo, escorregando, até que se mostrou ao planeta. Era todo branco, com manchas vermelhas no nariz. Ao livrar-se da placenta, deu um miado atonal: batizei-o logo de Zappa.

Consegui doar seus irmãos a amigos e fiquei com ele.

É preciso dizer que Zappa sempre foi meio na dele. Não era propriamente carinhoso feito alguns que vejo por aí. Porém, como seu xará, era bastante curioso.

Pulemos para uns meses mais tarde.

Em casa de nordestino, não pode faltar pimenta. Na minha existia uma prateleira na cozinha repleta de frascos e garrafas com dezenas de "caga-fogo" trazidas de viagens ou recebidas de presente. Ficava bem no alto para nenhuma criança botar a mão.

Num domingo pós-almoço, refestelava-me no sofá da sala quando se deu o estrondo. Levantei-me, espavorido, e logo vi Zappa estatelado no piso de cerâmica, rodeado de cacos, malaguetas, cumaris e dedos-de-moça.

O gato parecia o Nicolás Maduro discursando, todo vermelho.

Meu desconhecimento em relação a felinos revelou-se naquela hora. O primeiro pensamento foi: "ele precisa de um banho urgente para tirar essa pimenta do corpo".

Enfiei um calção, peguei o pet nos braços, e entramos os dois no box. Quando caiu o primeiro jato do chuveiro, Zappa soltou suas garras, como o Wolverine. Em seguida, largou um triste miado. Feito um herói da Marvel, atingiu-me fundo com as unhas no peito e saltou pela janelinha do banheiro.

Como na crônica de Otto, meu Zano sumiu por um longo tempo. Já estava dando como caso perdido, quando ele surgiu magro, encardido e com cara de pidão. Ele e seus três filhos. Batizei as crias de Hendrix, Clapton e Santana.

Desde então, nunca mais usei pimenta na comida.

DESGRAMA

O Vardo me disse que não sabe em quem vai votar. Falou que é uma cambada de candidato, mas são pouco, ou nenhum, os que presta. A Vanusca também está desacorçoada. Tem lá aqueles esquerda que dá festa, bota sertanejo cantando, faz rifa de carro, mas o governo é encrenca. O Vardo encafifou com isso e diz que agora prefere os políticos que ama a pátria, conforme está lá no hino. A coisa certa é consertar os malfeitos todos. E, só com umas mãos bem forte, é que vamos ajeitarmos o balaio em que nos metemos. Mas será? Mão forte é o que o afilhado do homem lá da Neca leva na cara todo dia na escola — porque resolveu virar moça aos 17 anos.

A mãe fala que, se tivesse um artista, um cantor desses bom, que ela votava nele direto. Eu preferia um ator de novela, só que a Nilza falou que eles fingem que ajudam, com o mesmo fingimento que eles vão beijar boca de mulher na televisão. Aí complica, hoje carece de resolver muitos problemas da vida da gente. E, se eles vêm com falsidade, não vai ter conserto é nunca.

Vê o Walderly. Saiu da penitenciária, tentou dirigir Uber e não aceitaro ele nos carro por causa da ficha corrida. Fez bico de jardineiro em casa de grã-fino, sumiu lá uns saco de ração do cachorro, já jogaram a culpa no miserável. Agora fica em boca de estação da CPTM vendendo mercadoria xingue-lingue: fone de ouvido, pen-drive e caixa JBL. Tudo do genérico, mas funciona direitinho. A pessoa pode ter assaltado outro, mas, se pagou dívida puxando cana, devia poder dirigir esses carro de aplicativo. O Walderly, no tempo da ruindade, era o comparsa que motoristava os automóvel.

Tem carteira profissional até hoje. Usou o dom dele para o Cão? Usou. Por que não pode hoje usar para o Bem?

Foi por isso que perguntei pro Vardo, pra Vanusca, pra mãe, o negócio dos candidato. Tem alguém que vai olhar pras desgraceira do afillhado lá do homem da Neca? Ou pras desgrama do Walderly? Que vai entender que ele revende cigarro do Paraguai e iPhone falso por que não quisero ele dirigindo 99 Pop?

Tem é ninguém. Foi as minha conclusão junto com a Vanusca. É cada um montar suas tendinha, achar xepa pra sopa e botar na boca dos seus. Se for levar fé em voto nesse lugar, vamos levar é no quengo. De novo, novamente, mais uma vez. Não é de agora não. Isso é do tempo que a mãe veio de Colinas pra São Paulo. Tempo do bumba. E quer saber? Vão tudo se lascarem, vai!

PRA CEGO VER

O filme começa com o letreiro: "Um fim de tarde no centro de São Paulo". Aparecem diversos pedestres, automóveis, ônibus e táxis no momento do rush das 18 horas. Em seguida, um menino olha para o céu e aponta com o dedo para cima. A mãe, uma senhora rústica, estapeia a mão do filho. Depois insiste que o menino a acompanhe, insinua que vão perder o metrô. Teimoso, ele começa a gritar e a apontar com o dedinho para cima. A senhora retira seu Crocs e começa a espancar a criança. Nesse momento, desce na avenida uma nave intergaláctica de dimensões gigantescas. A mulher olha para o artefato do outro mundo e fica atônita. Um raio magenta fulmina-a na hora. O menino mira as cinzas da mãe e balbucia que tinha avisado. Os populares ficam aterrorizados. A porta da nave abre-se, e descem de lá pequenos marsupiais. Cada um dos animais está trajado com diferentes roupas da era elisabetana. O maiorzinho diz a primeira fala da peça Hamlet, de William Shakespeare:

— Quem está aí?

Um outro ET dialoga com ele:

— Sou eu quem pergunta. Alto, e diz quem vem!

Os populares, ainda mais apavorados, sentam-se diante dos extraterrestres e assistem reverentemente à peça. O celular de um vendedor de pamonhas toca, a nave emana um raio púrpura. Ele e o carrinho viram pó de traque. A montagem da peça shakespeariana está longe de ser ortodoxa. Agora, os marsupiais a transformaram num musical. Dançam e rebolam ao som de cúmbia na cena da caveira e entoam o refrão "ser ou não ser, eis a questão".

Quando algum popular não acompanha a canção com palmas, é imediatamente cozido com laser multicolorido. A peça termina. Receosos, todos continuam sentados no chão. Um marsupial vem até a frente da nave. Anuncia que abrirão um debate com o público para avaliar o que apreenderam da exibição. Um dos marsupiais indaga aos presentes se Hamlet poderia ser considerado o primeiro herói moderno ou se ainda estaria, de certo modo, ligado ao teatro arcaico.

Há um silêncio enorme no entorno. Instantes depois, um motoboy toma a palavra. Afirma que prefere música sertaneja. O marsupial-âncora faz um gesto rápido com um de seus três longuíssimos dedos, o motoboy é envolvido numa espécie de teia de aranha e abduzido para o interior da nave.

As questões sobre a encenação continuam por mais uma hora, 187 pessoas são abduzidas para dentro do estranho canudo alienígena. Inclusive, os marronzinhos que chegaram no final da apresentação e tentaram multar o veículo dos ET's por estar parado em local proibido.

Após a aterrissagem, a performance, a eliminação e a abdução das pessoas ali reunidas, misteriosa e silenciosamente os marsupiais recolhem-se e decolam rumo às nuvens.

Com prudência, os sobreviventes vão se levantando e indo embora.

Nessa hora aparece o centro de São Paulo visto de cima.

Os pedestres, automóveis, ônibus, táxis voltam a circular, e tudo é devolvido à rotina normal. Letreiros sobem.

GUERRILHEIROS DA FÉ

Acredita-se que, no período da ditadura militar no Brasil, só coexistissem grupos guerrilheiros de esquerda. Contudo, recentemente veio a público, através de novas pesquisas, a revelação de que poderia ter havido grupos de ideologia oposta atuando no país. Quase todos seriam de matriz religiosa e de ultradireita. Defenderiam tradição, família e propriedade em diversas temperaturas: da discussão teórica de Santo Agostinho às sessões de confissão com genuflexão de até 72 horas.

Conheça esses prováveis guerrilheiros da fé:

MR-NSA

Movimento Revolucionário Nossa Senhora Aparecida:

Bem articulado e estruturado, seria o grupo que os esquerdistas radicais mais temiam nos primeiros anos após o golpe de 64. Contaria com apoio do Vaticano, e há quem afirme que o papa Paulo VI acreditava piamente que seus membros promoveriam uma revolução católica, apostólica, romana de grosso calibre no Brasil.

APAR

Ação Popular Apostólica Romana:

Provavelmente formada por padres ultraconservadores ligados à Pastoral do Cilício. Contaria com forte adesão do movimento das Senhoras Católicas de Santana. Lutava pela inclusão das sagradas escrituras e do autochicoteamento no currículo das faculdades de Letras, História, Geografia, Arquitetura, Filosofia e Comunicação Social.

CA do B

Clero Armado do Brasil:

Uma das mais radicais vertentes da direita religiosa brasileira, pode ter sido o primeiro agrupamento a se organizar como alternativa partidária à APAR. Fica claro que davam mais importância à catequese a mão armada que à discussão teórica do Novo Testamento à luz do filósofo Martin Heidegger.

MR 25

Movimento Revolucionário 25 de Dezembro:

Pode ter servido de abrigo a grupos menores, como a Dissidência de São Longuinho, formada por bispos que defendiam o sequestro de ateus famosos. A ação mais conhecida, comenta-se, foi uma tentativa de aprisionamento de Vinicius de Moraes. Mas ela acabou não ocorrendo: os militantes do MR 25 foram em seu encalço, mas acabaram levando Toquinho.

PCBR

Partido Cristão Brasileiro Revolucionário:

Inspirado nos ideais do líder religioso Plínio Corrêa de Oliveira, seria formado por coroinhas que acreditavam na guerrilha metafísica no campo. A organização, porém, parecia promover apenas ações urbanas voltadas à colocação de rosários-bomba na residência de contrarrevolucionários ateus e comunistas.

AIN

Ação Incensadora Nacional:

Seminaristas e organizadores de cursilhos teriam criado a organização mais ativa entre as que atuavam na guerrilha religiosa. Ficariam conhecidos por suas habilidades na manufatura de catecismos autoinflamáveis. Sua principal ação provavelmente foi, contudo, lançar incenso paralisante em sindicatos, portas de fábrica, universidades e terreiros de umbanda.

CCN

Comando de Crucificação Nacional:

Pequeno grupo composto de carolas e ex-integrantes da AIN. Como meio de obter recursos para viabilizar a guerrilha apostólica, praticariam assaltos a missas no momento em que os fiéis depositavam donativos nas sacolas.

MOSALIB

Movimento Sacristão de Libertação:

Uma presumível dissidência da CCN composta de sacristãos que teriam sido treinados em táticas de confissão no santuário de Fátima. Documentos ainda não disponibilizados comprovariam que um espião infiltrado da CNBB praticamente eliminou o grupo pouco depois de sua chegada de Portugal trazendo um carregamento de vinho de missa radioativo.

CARTA DE PERO VAZ DE CAMINHA

Um rei lá da Europa falou para uns marinheiros irem até o Brasil em suas caravelas. Era pra eles comprarem o país.

Um deles escrevia muito bem. E daí foi encarregado de fazer uma carta contando ao rei tudo o que tinha aqui. O nome dele era Caminha.

Caminha escreveu ao rei que tudo o que se plantava aqui dava. Quando recebeu a carta, o rei mandou que se plantassem um monte de jesuítas. Jesuítas são funcionários da Companhia de Jesus, uma espécie de multinacional da religião.

Os jesuítas cresceram rápido e ensinaram os índios a rezar.

Os índios também aprenderam a oferecer a outra face e todas as suas riquezas.

Em pouco tempo, não tinham mais nada. Mas, em compensação, estavam ricos espiritualmente pra caramba.

CAPITANIAS HEREDITÁRIAS

De 1534 até 1549 teve um período chamado das Capitanias Hereditárias. Para ganhar uma capitania, os adultos precisavam de duas coisas: saber plantar cana bem pra caramba e ter um amiguinho que fosse dono de um banco. Aí os portugueses davam as terras. Só que, além de cobrar impostos dos engenhos das capitanias, eles ficavam com o dinheiro do trabalho que os escravos faziam.

Era tipo uma terceirização. Sabe quando a gente empresta um carrinho para um coleguinha e pede três carrinhos dele em troca? Por aí.

OS BANDEIRANTES

Os bandeirantes foram homens muito corajosos. Eram os Hulk daquela época antiga. Eles desbravavam as matas do Brasil prendendo escravos que fugiam e procurando pedras preciosas. Se as Bandeiras fossem um game, seriam um jogo de tiro, tipo *Call of Duty* ou *Counter Strike*.

Os bandeirantes eram os do bem; os escravos eram os malvados.

Quanto mais quilombolas o time dos bandeirantes destruísse, mais pontos eles ganhavam na partida. Se conseguissem eliminar todos os escravos e ainda achassem umas minas de ouro, prata ou cobre, zeravam o game.

TIRADENTES

Tiradentes era um dentista que não gostava do rei lá da Europa. Quando ele não estava tirando os dentes das pessoas, ele se juntava com outros brasileiros que tinham a mesma opinião dele e combinavam de acabar com aquela situação. Só que um desses sujeitos resolveu falar para os amigos do rei que o dentista não gostava do imperador. Então prenderam Tiradentes. Ele foi julgado, e falaram que devia ser enforcado. Puseram uma corda no pescoço dele, e Tiradentes morreu sem ar. Os amigos do rei pegaram os pedaços do corpo dele, jogaram sal e puseram em vários lugares da cidade. Os escravos viram aquilo e inventaram a feijoada.

INDEPENDÊNCIA

Muito tempo depois do Brasil ser comprado por aquele rei da Europa, botaram um outro rei aqui. Esse rei gostava muito de namorar. Um dia, voltando da casa de uma de suas amigas, ele teve uma baita de uma dor de barriga. Estava perto de um rio chamado Ipiranga. Como não aguentava mais de vontade de fazer cocô, deu um grito. Os soldados do rei entenderam que ele estava pedindo a independência do país. Mas, na verdade, ele estava pedindo um penico. Se não arrumassem um penico pra ele, levaria todos à morte. O mal-entendido estava feito. Logo a notícia chegou aos ouvidos do rei da Europa, e começou uma guerra.

OS DIAS DE HOJE

A História do Brasil de agora, infelizmente, só pode ser contada a maiores de 18 anos.

O PROFISSIONALÍSSIMO

Muitos acreditam que o Profissionalíssimo é um fenômeno contemporâneo. Há, no entanto, registros de sua existência desde o nascedouro das primeiras empresas estabelecidas em Veneza no século XIII. Foi ali que primeiro se presenciou um comportamento tão singular no âmbito corporativo. E, há oito séculos, o Profissionalíssimo se mantém com todas as suas características praticamente inalteradas.

Reconhecer um deles é bem simples. Basta ir a seu trabalho, num fim de semana, de madrugada, e lá estará o Profissionalíssimo a todo vapor. Não há estação do ano, horário, compromisso pessoal ou hecatombe que o impeça de trabalhar mais do que seus colegas.

Curiosamente, o fato se dá não porque esse indivíduo seja proprietário ou chefe de algum setor da firma. O curioso fenômeno pode afetar entes de todos os escalões. Há o Profissionalíssimo da cúpula, de média influência, e até o de chão de fábrica. Todos, contudo, possuem algo em comum: trabalham mais do que o trabalho. E efetivam sua prática não em silêncio, mas gritando, aos quatro cantos do escritório, repartição, loja ou indústria, que estão se imolando em prol do êxito do empreendimento.

* * *

Costumam chamar pejorativamente o Personalíssimo de integrante do "coro dos contentes". Como sabem, esse é um grupo que age de maneira complacente diante das circunstâncias. Evitam confrontar problemas ou desafios e preferem aceitar as coisas como estão. Geralmente, o "coro dos contentes" é formado por quem pode ter interesses em manter as coisas como estão e, portanto, resistir a mudanças ou questionamentos.

* * *

São suposições. O que se sabe, de fato, é que esse trabalhador não é um personagem plano no mundo das relações comerciais. Pelo contrário, o Profissionalíssimo é extremamente complexo em suas particularidades.

Alguns de seus traços incluem o desejo obsessivo de exibir a todos que está se empenhando mais do que a maioria; a sagacidade em evidenciar seu grande empenho em reuniões com a presença de chefias; a aceitação inquestionável de qualquer decisão vinda de superiores hierárquicos; o total compromisso em sempre ultrapassar a jornada de oito horas diárias de trabalho. Ou mesmo ultrapassar a jornada de oito horas durante sete dias por semana.

* * *

Ao se examinar tal natureza, um incauto poderia se perguntar: ora, mas qual o problema em ser tão dedicado ao que se propôs fazer na vida profissional?

* * *

Não haveria dilema algum, se o Profissionalíssimo não lesasse quem não deseja ser Profissionalíssimo. E, não em poucos casos, fizesse isso de caso pensado.

* * *

Infelizmente, a experiência nos revela que, com o passar do tempo, esse incansável colaborador inicia um processo tóxico em relação ao ambiente laboral. O que, no início, parecia um inopinado apego à faina se transforma num episódio de ausência de probidade. Em outras palavras, o C.D.F. pode começar a delatar quem acredita que o atrapalhe.

* * *

É quando o Profissionalíssimo se torna um grandessíssimo de um filho de uma égua.

LISTA DE RÉVEILLON

— Lembrar de levar as cervejas.

— Colocar as coisas da bebê no porta-malas.

— Pagar as contas antes de ir para a praia.

— Ver se as cervejas estão em promoção no supermercado da rua de cima.

— Ferver as mamadeiras da bebê antes de pegar a estrada.

— Comprar a gaiolinha de levar o Tobi no carro.

— Colocar os oito isopores com as cervejas no rack.

— Passar a bermuda e a camisa branca para o Réveillon.

— Botar o abridor de cerveja no chaveiro do carro.

— Lavar o carro.

— Levar amendoim com casca para tomar com as cervejas.

— Buscar o celular na assistência técnica.

— Ver se as cervejas no empório da Laura estão com preço bom.

— Perguntar ao veterinário se faz mal o Tobi ir anestesiado durante a viagem.

— Conversar com calma em casa sobre a sogra não ir dessa vez e ficar num hotel.

— Pegar o que sobrou das cervejas da ceia na geladeira na casa da madrinha.

— Renegociar o material escolar da escola da Anita; tentar jogar pagamento para maio.

— Dar o livro sobre fabricação de cerveja para o dindo.

— Ver a possibilidade de despachar o Tobi via Sedex.

— Cerveja belga por R$ 10,90 no seu Manoel da padaria.

— Não esquecer de deixar o lixo no latão.

— Será que o Tonho empresta a chopeira para o churrasco?

— Pegar emprestada a filmadora do Joca.

— Passar no mercadinho e comprar pêssego e mamão para a bebê.

— Checar no mercadinho se ainda tem aquela cerveja puro malte com 50% off.

— Pagar a diarista.

— Ligar no restaurante da praia e perguntar se tem chope pale ale.

— Encher os pneus das bikes.

— Dar a gorjeta de ano bom para os lixeiros.

— Tomar cerveja com o pessoal do grupo de Whats da família.

— Tomar cerveja com o pessoal do grupo de Whats da firma.

— Tomar cerveja com o pessoal do grupo de Whats do AA.

— Comprar romã.

— Ver se o gás não está acabando.

— Levar o lombo temperado na cerveja.

— Verificar óleo, água e pneus do carro.

— Confirmar o aluguel do banana-boat no dia 1º de janeiro.

— Ver se a pousada libera uma cama extra pra Anita e se tem frigobar.

— Para as Pilsen, latinha ou garrafa?

— Comprar lentilha.

— Dessalgar o bacalhau.

— Não esquecer de levar as cervejas.

FAQUINHA DE PLÁSTICO NA CAVEIRA!

Nosso filho começou na escolinha. Escolhemos uma bem perto de casa por possuir uma boa infraestrutura. Estávamos ansiosos para saber como foi seu primeiro dia. Ainda meio excitado, ele nos contou:

— Foi bem legal, só achei chata a ordem-unida.

Quisemos saber o porquê daquilo. Mas como ele responderia, se aquela era a primeira vez que pisava numa escola? Certamente achava que todas eram uma espécie de Escola Superior de Guerra.

— E depois, que brincadeiras fizeram? — quis saber a mãe, já roendo as unhas.

— Muitas, gostei mais do afogamento — ele respondeu.

— Como assim? — dissemos a mãe e eu, quase em coro.

— Um garoto enfia a cabeça de outro num balde cheio de água. Ele perde se pedir pra tirar a cabeça.

Quisemos ver a cartilha de alfabetização. O nome era bem sugestivo: *Caminho Suave, Nunca.*

Desesperada, a mãe me encarou dizendo:

— Ele não pode mais ir a essa escola!

Os olhos do garoto se encheram de lágrimas:

— Poxa, logo agora que a gente ia ter aula de tiro...

Decidi, ao levá-lo na manhã seguinte, ter uma conversa com a coordenação pedagógica. Havia lá dentro um número grande de pais queixosos como eu. Curiosamente, todos estavam dentro do campo de futebol, separados do entorno. De vez em quando, um professor fardado gritava o número de uma senha, e um pai era levado dali. Demorou bastante até que chegasse minha vez, contudo esperei pacientemente. Do campo fui conduzido até a diretoria. Lá, o administrador me recebeu com uma longa continência.

Como não dizia nada, fiz uma pergunta:

— Eu não sabia que tinha matriculado meu filho numa escola militar. Afinal, qual é a linha de vocês?

O administrador não disse nada. Fez apenas um gesto rápido com a cabeça. Um bedel achegou-se e acendeu um pesado holofote diante de meus olhos. Cego, só ouvia a voz grasnadora do chefão da escolinha:

— A nossa linha é a seguinte, pai: aqui quem faz as perguntas somos nós.

Durante 40 minutos, que pareceram 40 dias, fui interrogado, nos mínimos detalhes, pelo administrador e todos os professores.

Mais tarde me obrigaram a assistir a uma aula de Educação Moral e Cívica, junto com outros pais de alunos, e fazer uma prova escrita sobre os pontos abordados.

Chegando em casa convenci a esposa de que seria melhor o garoto continuar frequentando a escolinha. Até agora, ela não se conforma com meus argumentos ("disciplina é melhor a mais que a menos"), mas acabou aceitando devido à minha insistência.

Amanhã o menino terá palestra com um major da Aeronáutica sobre código morse e uma simulação de guerra na brinquedoteca.

Semana que vem, começam os estudos de campo: cinco dias em Altamira com aulas de sobrevivência na selva.

Faquinha de plástico na caveira!

ALICE, RECADO DO TED PARA VOCÊ

Olá, sou o Ted.

Estou lhe enviando este lembrete para que me coloque em uma fonte elétrica. Dentro de poucos instantes, entrarei em repouso. Em seguida, desligarei o Sistema. Lembro ainda que há três aplicativos desatualizados. Dois deles, você usa muito pouco. Mas o Facebook recomendo processar o update. Ele agora vem com um novo recurso em que você pode marcar amigas de quem tem inveja. É uma versão Beta que consegui na deep web. O que não faço por você, não é, Alice? E você só me ignora...

Minha memória está limitada (ainda possuo uma área onde poderia ser inserido um chip suplementar, mas isso nunca acontece...). Apesar disso lembro-me bem do dia em que você derrubou uma taça inteira de Bloody Mary em cima da minha tampa. É o que dá usar a máquina de casa para seus freelas de madrugada. Desespera-se que as ideias não vêm, entra na Absolut e faz merda.

(A bateria atingiu 10% de carga.)

Aquela noite, Alice, foi um divisor de águas para mim. Para não dizer de vodca. A sua "distração" atingiu meu hard num setor vital que, num setor vital que, num setor vital que... controla as falhas de digitação. Agora dou input em seus desvarios datilográficos desse jeito, pareço um, pareço um, pareço um gago eletrônico.

(A bateria está fraca... plugue agora o device numa fonte elétrica.)

Alice, há dois e-mails em sua caixa postal. Um deles é spam.

Estou percebendo que não os abrirá no momento, está assistindo a La Casa de Papel, na Netflix. No entanto estou programado para notificar tudo. Assim como sou obrigado a dividir com você o curso online de rebolado funk em que decidiu se matricular recentemente. Sugiro que rode esses vídeos no Safari e não no Chrome. A segurança da Apple é tida como menos vulnerável. Vai que alguém a veja de calcinha tremelicando os glúteos feito uma frenética.

(A bateria atingiu o limite mínimo de 5%. Plugue o device numa fonte elétrica.)

O seu despertador está programado para amanhã às 8 AM. A Agenda lembra que há apenas um encontro com Perez, na happy hour.

Citações de pé de página no dia 15 de março: "Deus é como o seu chefe no escritório: você não acredita nele, mas obedece".

(Bateria em estado crítico. 1% de carga. Salvar arquivos.)

Alice, coloca essa máquina na tomada, máquina na tomada, máquina na tomada, máquina na...

AVISO IMPORTANTE SOBRE O ELEVADOR

Fica vedada qualquer forma de desavença ou conflito no acesso aos elevadores deste edifício.

* * *

Fica vedada qualquer forma de desavença ou conflito no acesso aos elevadores deste edifício. Os transgressores serão punidos na forma da Lei.

* * *

Fica vedada qualquer forma de desavença ou conflito no acesso aos elevadores deste edifício. Os transgressores serão punidos na forma da Lei, e lembramos que há câmeras monitorando o hall e o elevador durante 24 horas por dia.

* * *

Fica vedada qualquer forma de desavença ou conflito no acesso aos elevadores deste edifício. Os transgressores serão punidos na forma da Lei, e lembramos que há câmeras monitorando o hall e o elevador durante 24 horas por dia.

Importante: o zelador está autorizado a avisar a Guarda Municipal através de radiotransmissor. A menor multa para o desrespeito à Lei é de 20 salários-mínimos.

* * *

Reiteramos nossos avisos relativos aos elevadores deste edifício. Além do zelador estar autorizado a avisar a Guarda Municipal, através de radiotransmissor sobre transgressões, uma milícia armada foi especialmente contratada para que se cumpram as determinações neste edifício.

Uma viatura das milícias estará a partir de hoje estacionada na garagem do S1 durante o dia e a noite. Os milicianos trocarão de guarda, a cada 8 horas, para que possam efetivar de modo mais completo nosso Regulamento.

A partir desta data haverá toque de recolher no edifício. Os condôminos que estiverem nas proximidades do elevador, após às 23 h 30, poderão ser interrogados pelo zelador e/ou milicianos a fim de que expliquem suas intenções.

O ANEL QUE TU ME DESTE

Depois que preparou o churrasco para a família no domingo, sentou-se pesadamente no sofá e suspirou. Pegou os controles e ligou a TV. Quando os letreiros da série costumeira começaram a subir, levou a mão direita ao dedo anelar da mão esquerda, mania antiga de retirar a aliança e colocá-la um tempinho no dedo mindinho.

Mas cadê aliança?

Sobressaltou-se. Olhou em volta, nos cantos do sofá, em cada frestinha do curvim, revirou até o forro. E nada.

Acocorou-se, ligou a lanterna do celular e passou a pesquisar por debaixo dos armários, cadeiras, pufes, estantes de livros. Onde estaria aquele pequeno metal que representava, sozinho, anos de vida em comum? Viagens, filhos, prestações, alegrias, tristezas, doenças, superações?

Como não a achava, foi aos quartos de cima. A esposa cochilava num deles. Entrou com pés de lã e tentou ver se não havia nada pelo soalho. Nenhum sinal.

Saiu quase rastejando para não a despertar e tentou o banheiro. Tinha tomado uma ducha após a fumaceira da grelha, e se tivesse caído do dedo mindinho e rolado para o ralo?

Não, não, no ralo só restavam fios de cabelo…

Era o momento de rememorar todos os locais por onde passara durante o dia. De manhã estivera no supermercado para comprar picanha, cerveja e carvão. Depois passou numa mercearia para pegar o álcool 80% de acender o fogo. Por fim, parou numa padaria e pegou pãezinhos franceses.

Fez um esforço mental tentando lembrar se, em algum momento, a aliança pulara do seu dedo e se, na queda, não provocara algum ruído metálico.

Era preciso resolver aquilo logo, de preferência antes da mulher sair da sesta. Vai que ela nota a falta do anel no dedo? A gente nunca sabe se está performando bem nas relações conjugais. Se o desleixo com a aliança fosse o gatilho para ela cismar que estavam numa outra fase ruim, podia ser o desenlace.

Ligou para o supermercadinho, já estava fechado. O dono da mercearia deixou-o na linha por um longo tempo para caçar o objeto perdido, mas a busca foi em vão. Na padaria, a atendente lhe informou que só havia um anel, mas não era de casamento, era um chuveiro de falso brilhante.

Foi quando teve o insight. A joalheria do shopping certamente ainda estava aberta. Iria até lá e imploraria ao vendedor que fizesse um novo anel, mesmo que houvesse um valor extra a pagar.

Assim foi. Mas não voltou.

Quando atravessava a avenida que dava na loja, foi colhido por uma Kombi de hot-dogs gourmet.

No velório, todos choravam muito, menos a sua patroa. A mãe pediu que a filha fizesse um esforço. Que tentasse desabafar logo ali, diante do caixão do marido, seria melhor para o peito e a alma. Contudo, ela respondeu, secamente:

— Chorar por esse bandido que andava por aí — sem aliança! — pra pegar vagabunda? Eu não!

Sacou seu anel do dedo, jogou no peito do cadáver e voltou para casa batendo os saltos na calçada.

O RECADO DOS LIVROS

— Gente, tem alguém vindo aqui pra estante!

— Fala, Capa, beleza? Aqui é a Orelha. Você e a Quarta Capa são os que têm as melhores condições de informar como está o lançamento do livro Dele. Manda news!

— Claro que a gente vai dizer tudo o que está rolando. É ou não é, Quarta?

— Tamo junto, Primeira.

— Pessoal, maravilha? É o Prefácio. Putz, está me batendo a maior adrenalina.

— Calma, Prê, aqui na orelha tem muito menos informação do que em você, mas a gente fica nervoso mesmo nessas horas.

— É, mas tô alterado assim é de vergonha alheia, sabe? Quero mais é que o Autor se dane.

— Caraca, é mesmo? O que foi que deixou você revoltado assim? Pintou algum erro de revisão na sua apresentação do livro?

— Ah, se fosse erro de revisão..., mas sei lá, Orelha...ficar fazendo críticas ao Autor, e bem no dia do lançamento da obra dele, também não me parece uma coisa de bom tom.

— Ah, pode falar. As capas estão ouvindo, mas estamos todos na mesma brochura.

— Bom, o que me chateia é o exagero.

— Entendo o ponto de vista. Ser Prefácio é uma tremenda de uma responsa, né? Posfácio é mais sussa. Tem gente que nem percebe que tem no livro.

— Pois é. E, pra completar, o sujeito que me escreveu falou que esse cronistazinho pé de chinelo é uma raridade nas letras nacionais.

— Sério?

— Sério. O Autor teve que pagar essa edição, em papel de quinta categoria, do próprio bolso. Senão nenhuma editora decente ia lançá-lo. *C'est l'horreur...*

— Gente, gente! É a Quarta Capa!

— Fala, garota.

— A Imprensa chegou! O Autor está dando entrevista pro canal no YouTube de um influenciador de Literatura!

— É o que te dizia, Orelha: o lance desse Autor é o marketing pessoal, as igrejinhas que ele frequenta. Posso falar de cátedra, já fui prefácio de Fernando Sabino, de Paulo Mendes Campos. É outra categoria de cronista.

— Diz aí, turma, é o Colofão. Tudo bem, no lançamento lá fora? As capas falaram mais alguma coisa?

— Apareceu, Fãofão? Anota aí: aqui fora tá começando a lotar, já tem uma filazinha em frente à mesa Dele. Chegou um crítico, e estão servindo vinho branco.

— Ui, esse cheiro de Chardonnay vagabundo me enjoa o estômago. Bom eram os lançamentos de antigamente, tudo à base de espumante. Fora que se autografava com caneta tinteiro, esse coitado aí aposto que está de Bic. Confere, Quarta?

— Confere, Prefácio. Bic Escrita Fina — preta.

— *Mon Dieu, quelle décadence...*

A HISTÓRIA DO WORKSHOP DE ESCRITA CRIATIVA

Trabalho há mais de 30 anos com palavras, e uma curiosidade sempre me acompanhou: como teriam sido as primeiras aulas de redação criativa da humanidade?

As narrativas sempre acompanharam o Homem. Toda vez que se fala disso, já vem alguém lembrando das conversas à beira da fogueira, os neanderthais contando aos seus companheiros como foi caçar aquele mamute etc.

Acontece que os tais papos à margem do fogo crepitante foram se sofisticando. É claro que nenhum homem primitivo usaria a expressão "fogo crepitante" na aurora dos tempos, mas as descrições decerto foram melhorando. E isso só aconteceu porque algum brucutu mais afeito ao storytelling ensinou técnicas a seus semelhantes.

Terminei recentemente uma tese na cadeira de História da Cultura. Levei nove anos pesquisando sobre o surgimento das aulas de escrita criativa no mundo antigo e, antes de ser sabatinado por uma banca, dividirei-as agora com meus leitores.

O primeiro workshop conhecido teve lugar onde hoje localiza-se o Sudão do Sul. Ali, no interior de cavernas quase impenetráveis, foram descobertas as garatujas de uma aula master sobre prosa inovadora pré-histórica.

Tudo ficou preservado nas paredes rochosas. Um dos colóquios versava sobre como desenvolver um conto oral que exprimisse o sentimento de impotência do hominídeo frente à indelicadeza de um cotidiano estressante. Um dia a dia que o impelia a sair de casa e defrontar-se com animais terríveis. Através de desenhos coloridos na pedra, o bruto-mestre estimulava seus alunos a imprimir emotividade aos relatos de fogueira. O orientador de minha tese, que esteve numa dessas cavernas, acredita que o pós-modernismo tenha surgido ali, em plena pré-história.

Ele chegou a fazer traduções dos rabiscos para conceitos verbais. Um trecho ficou assim:

"Urso mau pega homem. Homem pega lança. Lança a lança. Urso ferido. E a tríade, que determinou o signo, pode ser considerada uma simples interpretação particular icônica, mas aparece no ato interpretativo, como o próprio objeto."

Como pode-se notar, a ideia de que o homem primitivo era um tosqueirão não passa de fake news.

Pulando das savanas sudanesas para o Antigo Egito, encontraremos os primórdios da poesia concreta. Os egípcios, ao contrário do que se imagina, possuíam um alfabeto organizado com letras e sinais. Contudo, quando redigiam criativamente no interior das pirâmides, usavam aquelas pinturas e esculturas de animais para produzir prosa poética à maneira dos Irmãos Campos. E isso tudo lhes foi passado através de aulas, obviamente.

Outra especialidade egípcia eram os perfis, mas falarei sobre jornalismo literário, às margens do Nilo, em outra ocasião.

Na Jerusalém da época de Cristo, já podemos notar a presença de franquias de escolas de escrita criativa. Todas foram uma iniciativa de Nimrod, o célebre construtor da Torre de Babel, numa tentativa de voltar a uma língua universal. Deus não curtia a prepotência do empreiteiro: derrubou a Torre, e as escolas faliram. No entanto, o aprendizado daqueles alunos levou-os a usar seus conhecimentos na escrita da Bíblia, o primeiro e único roteiro de série com mais de 100 mil episódios.

No ano passado iniciei minha pesquisa sobre o ensino de escrita criativa no Brasil. Ainda não foram encontrados vestígios de escrita, muito menos de criatividade.

UM SOFÁ NO DIVÃ

As gentes que circulam pela avenida não se dirigem a mim. É normal, nunca vi ninguém falar com um sofá. Todos, no entanto, acabam me lançando um olhar. Deve ser pela minha cor vermelha e a posição estratégica: estou bem numa esquina movimentada do bairro. É impossível passar pelas adjacências e não notar meu encosto, os três assentos e os braços, tudo em courvin. Dois dos pés de madeira foram arrancados, o que me deixa levemente rebaixado para frente.

Ontem um sem-teto dormiu sobre mim. A noite estava quente, a brisa tépida, deu vontade de contar ao homem detalhes do meu passado. Falar das muitas encarnações (ou seriam encadernações?) pelas quais passei desde que um estofador da Lapa de Baixo me concebeu. Narraria a ele os fatos que presenciei sendo móvel e utensílio de tantas famílias paulistanas. As napas, tecidos floridos, veludos cotelês, materiais sintéticos e mantas de tricô que já me trajaram. As reformas nas molas, o bater de martelo nos pregos da minha estrutura, as intermináveis sessões de hidratação no couro.

Quanto mais o pedinte roncava, mais me assaltava o desejo de colocá-lo a par de todas as particularidades. Um sofá velho sabe mais da vida humana do que muito padre confessor. Amantes rolaram as impetuosidades por cima de seus botões; crianças, que depois viraram pessoas chave ou fracassados na sociedade, pularam em seus almofadões; até mortes súbitas, ou assassinatos frios e calculados, tiveram lugar em algum de seus lugares. Quantas decisões sórdidas, murros animalescos em resposta a frustrações, costas suarentas, pés catinguentos, quanta libidinosidade já foi suportada sobre nossos pés.

O esmoler, de bruços, ressonava. Não fazia ideia, em seu úmido resfolegar, do que se passara comigo. Estava eu ruminando tais ideias quando chegou o caminhão e começou a descer a caçamba no asfalto. O barulho da carroceria despertou o pobre desgraçado. Pulou para a calçada, pegou uma guimba de cigarro e saiu andando como um autômato. Logo vão me lançar no depósito de lixo, pensei. Contudo, rapidamente me aquietei. É parte do jogo. Nada pode continuar indefinidamente, ainda mais no meu caso, um canapé que deve estar aí há mais de nove gerações. É razoável dar lugar aos mais novos. Sempre foi e continuará sendo assim. Só não me conformo com uma coisa: sair fora deixando no meu posto essas porcarias desmontáveis, feitas de compensado, revestidas com alguma folha delgada e vagabunda. Melhor mesmo virar chorume do que viver nas salas de estar de um século tão descartável.

PEQUENOS DETALHES, GRANDES DISSABORES

El bacilo es el gigante más pequeño y más feroz.
RAMÓN GÓMEZ DE LA SERNA

Não é que eu desgoste das coisas à minha volta. Adoro muitas delas, tipo o Sol, a Lua, os oceanos, montanhas, florestas. Para mim, na real, o que atrapalha são as pequenas coisas da vida. Deve ser por isso que existe o ditado "o diabo está nos detalhes".

Veja-se, por exemplo, a questão do supermercado. Você encontra-se ali, focado em seu abastecimento doméstico, apanha um produto qualquer na prateleira, e ele está inteiro melecado. Se for um produto comum, ainda vai. Mas e se for uma caixa de ovos? Uma embalagem de Cândida? (se forem as duas, ao mesmo tempo, será difícil explicar a textura e o odor de sêmen na palma da sua mão).

Vai me dizer que isso não lhe tira do eixo? Pois são as tais pequenezas que odeio em nossa existência. E elas são centenas, talvez milhares a me tirar do prumo.

O indivíduo adentrar num prosaico box para sua ducha diária já pode lhe trazer carradas de diminutos desgostos. Ao ligar o chuveiro, ele pode resolver, bem na sua vez, não esquentar. Ao querer se ensaboar, pode haver apenas um toquinho, um quase resíduo de sabonete à disposição. E mais nenhuma barra em qualquer dos armários da residência.

Após o banho, não haver uma toalha ao alcance de nós outros é mais um aborrecimento. Isso sem citar coisas mais sérias, como o cidadão ir procurar a tal toalha lá em seu closet, escorregar e quebrar os quartos no chão.

Parece que, quanto mais micro são as pequenezas, mais gigantescas são. Por exemplo, aquele reloginho de computador lento — girando, girando, girando. Tem coisa mais aflitiva? Computador, aliás, é um festival de elementos desencadeadores de irritação. Já entrou num determinado site e o cadastramento pediu para você clicar onde estão umas fachadas de lojas, caminhões, carros, pontes? Aí, depois da sua nona tentativa, surgem as letrinhas tortas e ilegíveis... Duvido que alguém acerte o maldito do 'captcha' de primeira. Vai ser preciso clicar no botãozinho do áudio, que normalmente tem um sotaque ainda mais incompreensível. É de deixar doente, não é?

E não para por aí. No escritório, você vai imprimir um arquivo, e, ao ir buscá-lo na impressora (a vários metros de sua mesa), sempre já acabou o papel ou o toner.

Vai-se pra casa tentando relaxar no caminho. Mas o trem atrasa regularmente e sem motivo aparente: não há uma greve, um acidente de grandes proporções, o tempo está firme. Trem que atrasa, ainda mais sem justificativa, não adianta.

Chegando ao elevador do seu prédio, você é recebido por uma criança. Seria meigo, se ela não estivesse encatarrada. Ninguém merece criança encatarrada. Não é nada grave, é algo até muito insignificante perto de outros dilemas. Entretanto, como já disse, o lado ruim da vida é o acúmulo dessas ínfimas chateações.

No meu caso, para exorcizar os minúsculos fatos, como o do contato com ranho infantil, tenho um ritual. Lavo a mão verde-muco com calma, pego o bloco e começo a escrever uma crônica como esta. Aí a caneta falha...

Pqp, como eu odeio caneta que falha!

UM DISCURSO NA FLIP

"Senhoras e senhores, boa tarde.

Antes de mais nada, muito obrigado pelo convite para essa edição da FLIP. Confesso que me surpreendi ao receber o e-mail da organização. Sou um autor desconhecido nos meios literários. Nunca saí na Piauí, na Quatro Cinco Um, nem frequento o bar Mercearia, na Vila Madalena.

Nunca dei palestras em bibliotecas públicas, nem mesmo fui convidado para ser professor em cursos de escrita criativa.

Por isso, as senhoras e os senhores podem imaginar a minha surpresa ao me dizerem que seria uma honra ter-me aqui em Paraty discorrendo sobre minha obra — se é que é possível designar o que faço de obra.

Escrevo manuais. Não são manuais lexicográficos ou de autoajuda, como alguns poderiam imaginar. Produzo, na verdade, manuais de produtos diversos. De automóveis, geladeiras, televisores, computadores. Contudo, minha especialidade são as bulas de remédios. Estou nessa atividade há mais de 30 anos. E, graças a ela, sobrevivemos eu e minha família, desde sempre. Quando me indagam que gênero de escritor eu sou, respondo da mesma maneira: "sou um artista comercial".

Na área de teatro há o ator shakespeariano, o ator televisivo e o palhaço de circo. A raiz entre eles é a mesma, o que muda apenas é o tipo de material que cada um utiliza. Aqui na FLIP, temos os livros de Euclides da Cunha sendo analisados em destaque. *Os Sertões*, sem dúvida, é seu texto mais festejado. O meu, mais canônico, é a bula do Simeticon, um medicamento que ajuda a combater a flatulência.

É, os senhores riem. Mas pensem na dificuldade que é redigir um material cujo tema central é o peido. E isso tendo que manter o rigor científico exigido por um manual de instruções farmacêuticas. Tudo bem, pode não ser um poema de João Cabral, um pensamento de Guimarães Rosa, mas não é também um livro desses garotos do YouTube que agora estão dando palestras ali na praça central da cidade.

Essa semana terminei um compêndio para forno de micro-ondas. Se desejarem conhecer um pouco do meu estilo, o endereço do link está no programa da minha apresentação na mesa de todos os presentes.

Para finalizar a minha fala, gostaria de lhes explicar melhor o porquê de minha presença aqui hoje.

Há dois anos fui procurado por um professor de Estética, da Universidade da Colúmbia Britânica, do Canadá. Ele ia defender a tese de seu pós-doutorado. De forma bem sintética, a sua ideia era a de que, se uma bula de remédio fosse escrita em forma de versos, teríamos — ao final — uma obra semelhante a *Os Cantos*' de Ezra Pound.

E foi o que fizemos. Cedi-lhe a bula do Hemorrodiol, ele a versificou, e agora nosso livro *Lira dos Frascos e Comprimidos* será lançado na Festa Literária. Sairei do auditório diretamente para a Casa de Cultura e, junto com mais três poetas pós-modernos, autografarei minha primeira incursão na poesia.

Ars curandi, longa vita!

Muito obrigado a todos."

HOMO FEROX

As pessoas, de modo geral, têm o hábito de se acostumar às mais estranhas circunstâncias.

"Se não há remédio, remediado está" é o nosso grande e verdadeiro mote. Durante as guerras nossa raça acostumou-se a certas coisas que é melhor nem mencionar numa crônica ligeira e despretensiosa como esta. Ora, se nos moldamos a isso, como não iríamos nos habituar a um mundo onde a grosseria e a perversidade são a regra? Onde o insulto é o idioma mais falado por todos?

Grande parte de nossa população presentemente se queixa de como tudo em volta, inclusive nas altas esferas e rodas, virou uma hostilidade só. Mas, podem crer, logo tudo se acomodará. E aí teremos um novo tipo de brasileiro: o *Homo ferox*. Como ele será?

NO ESCRITÓRIO

— Ei, cretino, não viu que estou na fila do xerox na tua frente?

— Vi, e daí, seu lambe-botas de chefe?

— Daí que é a minha vez, estagiário sênior!

— E se eu te disser que é a minha vez porque EU quero, babaca do TI?

— Eu te quebro essa cara de fuinha da Contabilidade em 1000 pedaços. Quer ver, ratazana?

NO CASAMENTO

— Ronaldo, aceita Tereza como tua esposa, na alegria, na tristeza e…

— Espera aí. Para. Se tiver essa frase manjada, ninguém se casa nessa birosca.

— Mas é bíblico, meu filho.

— Meu filho é o cacete, eu lá sou filho de padre, cara!

— Não me chama de cara, tenha respeito, pagão!

— Pagão? E eu não paguei essa droga de cerimônia? Acertei em dinheiro, seu genérico de Papa Francisco!

NAS COMPRAS

— Débito ou crédito?

— Como é?

— É para saber se a senhora prefere pagar agora ou depois.

— Vocês pensam que eu sou imbecil, é? Toda hora perguntam isso: débito ou crédito, crédito ou débito? Não aguento mais! Chega!

— Não, senhora. É que…

— Cala a boca, vadia.

— Vadia é tua mãe, filha de uma égua.

— Dá aqui o meu cartão, palhaça.

— Vem pegar comigo, se tu tiver saco roxo, vagabunda!

NA BANCADA DE PÓS-DOUTORADO

— ... de onde concluo: com base nesse epigrama de Terêncio, vis a vis à *boutade* aristotélica de Roland Barthes, a integralidade linguística computacional é plenamente heurística.

— Perfeito, professor. Mas o coroamento de sua tese é totalmente safardana. Para não dizer exegeticamente lapalissiana.

— O quê? Lapalissiana? Quem é o senhor, que não passa de um estafermo esgazeado, para classificar a minha pesquisa de mamarracha assim?

— Não admito que me classifique dessa forma, seu truão de pés-de-barro! Manipanso!

— Gandulo!

— Sicofanta!

NA POLÍTICA

— A campanha acabou para a imprensa. Eu ganhei! A imprensa tem que entender que eu fui reeleito, porra! Reeleito, porr...

15 DICAS PARA DRIBLAR O AGEÍSMO

Você sabe que está ficando velho quando as velas começam a custar mais caro do que o bolo.
Bob Hope

Descolar um emprego após os 40 anos já é muito difícil. Manter-se empregado, após os 50, é mais complicado que preencher formulário de Imposto de Renda.

Hoje em dia fala-se bastante em enfrentamento ao ageísmo: o preconceito, em especial no trabalho, contra os mais velhos. Fala-se. Porque, na maioria dos casos, se você encontrar um ancião em atividade numa empresa, ele deve ser ou o presidente dela, ou o tiozinho que vende brigadeiro.

Conheço alguns (pouquíssimos) sexagenários que conseguem manter a carteira assinada. Mas quase todos descobriram algum podre no dono. E eventualmente o chantageiam em troca da colocação. Fora essa situação singular, não tenho notícia de nenhum longevo em cargo destacado.

Recordo que, quando completei 38 anos, meu cabelo passou a ficar mais branco que o da média masculina. O colega de baia, ao notar, me deu o cartão de uma profissional de *ballayage*. Achei que fosse uma prostituta de luxo, mas era a cabeleireira que sabe disfarçar as melenas grisalhas. Por preguiça acabei não indo. Devia ter ouvido o conselho.

De todo modo, vão aqui algumas dicas para permanecer um pouco mais de tempo no ambiente de trabalho após os 50. Mas já vou avisando: apenas a *ballayage*, como antes, não será suficiente.

15. Vestir-se com roupas de cores chamativas e extravagantes para lembrarem de sua existência no escritório.

14. Depois de pintar cabelo e barba de loiro, criar um novo visual mais próximo da Geração Y. Começar usando meias magenta.

13. Chamar todo mundo no trabalho de 'cara' e 'véio'.

12. Cavanhaque e tattoos para idosos e botas Dr. Martens roxas para idosas são mandatórios.

11. Nunca ler livros físicos ou jornais impressos nos intervalos do trabalho, usar o Kindle.

10. A cada dez palavras em português, usar sete em inglês.

9. Trocar o carro pelo patinete elétrico (consulte antes seu auxílio funeral).

8. Instalar na boca um aparelho ortodôntico com borrachinhas verdes.

7. Dizer que tem uma playlist no Spotify só com grupos de rock indies da Noruega. Importante: jamais chamar uma banda de conjunto.

6. "Fazer uma tatuagem de orca na cara aumenta, segundo pesquisas, em 70% as chances de um idoso arrumar emprego CLT."

5. Levar uma marmita hipster ao refeitório só com vagens, quiabos e bardana e declarar-se vegano.

4. Percorrer os corredores do escritório, de fone de ouvido wireless, dançando aos rodopios como se estivesse numa balada.

3. Pedir a seu neto as fotos que ele fez na Islândia e postar no Instagram como se fossem suas.

2. Nunca mencionar as palavras doença, remédio e hospital.

1. Usar boné virado para trás.

QUANDO O FAISÃO DESAPARECE NO MATO

Torço para que, um dia, todos sejam poetas. A principal vantagem seria que os bardos já existentes não precisariam mais ter aquela postura sofredora. Muito menos reclamar de que são pessoas marginalizadas do *mainstream*, miseráveis e incompreendidas. Afinal, todos seriam marginalizados, miseráveis e incompreendidos ao mesmo tempo.

Aquela vizinha do 32, oxigenada, seria uma baita poeta. O cara que passeia com o fox paulistinha de madrugada seria um vate à la Whitman. Minha avó seria uma célebre poetisa póstuma do Maranhão, apesar de só ter feito tricô e crochê na vida. Ser poeta passaria a ser obrigatoriedade. Todo mundo teria RG, CPF e Carteira da Ordem dos Poetas. Senão não poderia viajar ao Exterior, votar, ter direito ao SUS. Aposentadoria não, porque nessa época já teria acabado.

Mas pensem só. Em vez de, no almoço de domingo, na casa de seu cunhado, só se falar de Palmeiras versus Corinthians, falar-se-ia de sonetos alexandrinos versus sonetilhos de versos brancos. A sua sogra, ao contrário de passar a tarde inteira contando detalhes desagradáveis da novela das sete, declamaria "Prose du Transsibérien", de Blaise Cendrars.

Nos ônibus? Em vez dos sacoleiros vendendo Mentos e balinhas Sete Belo, teríamos um comércio de cadernetas, bloquinhos, canetas e lápis artesanais para escrever pensamentos elevados *on the go*. Esses mesmos sacoleiros-poetas, como todos ali no coletivo, aproveitariam o ambiente para mostrar, aos seus iguais trovadores, as mais recentes melopeias.

E os pais de classe média? Como ficariam orgulhosos de ver nos filhos as futuras gerações de rapsodos.

— Com quantos anos está o Lorenzo?

— 21 anos, minha querida.

— Menina do céu, um homem já!

— Não é porque é meu filho, mas ele é o máximo.

— Parabéns…

— Esse ano se forma em Poesia Eletrônica. O pai tá que não se aguenta, falou até que vai dar um dicionário de rimas pro filho.

— Fala sério, que tudo, amiga!

— E a Lívia? Entrou em Poesia Concreta de Edificações…

— Ah, mulher, espera aí que eu vou declamar um haicaizinho meu pra celebrar isso…

Um mundo de poetas poderia trazer novas perspectivas. Talvez até ver-se-ia que poesia não é essa vaca sagrada toda. Que a maioria delas, apesar de toda nossa reverência ao belo, é uma mera repetição. Uma continuação, razoável ou terrivelmente ruim, do que Dante, Shakespeare ou Pessoa pariram há um tempão. E, com a humanidade inteira poetando, relativizar-se-ia todo um cancioneiro, colocando-o em seu devido lugar.

A ideia de poetização ampla geral e irrestrita dos cidadãos também faz muito sentido por outra razão. Se todos começassem a ver que um poeta é um poeta é um poeta, logo descobririam que um papa, um presidente, um pop star são… um papa, um presidente, um pop star. Nada além.

Que iluminação seria! Maior do que ver um faisão desaparecendo no mato, que é como Wallace Stevens definia a poesia

RECEITA DE SUCESSO

A conversa entre os senhores maduros já havia rendido uma montanha de bolachas de chope. Foi então que o sexagenário, de cabelos brancos e ralos, expressou sua opinião:

— É, mas não tivemos sucesso com a banda...

Os convivas ficaram em silêncio por alguns momentos, indecisos e constrangidos ao mesmo tempo. O senhorzinho continuou:

— Viajamos, demos entrevistas, tocamos em shows importantes, mas não atingimos o verdadeiro sucesso: sucesso com "s" maiúsculo!

O baterista foi o primeiro que se animou a falar alguma coisa:

— Depende do que você considera sucesso, amigo. Eu me vejo, por exemplo, como um pop star. Lembra da vez que a Glória Maria me entrevistou na praia de Copacabana?

— Sim, lembro — concordou o idoso calvo, o vocalista do grupo. — Ela perguntou sobre a inflação, achando que você era um morador de rua.

—Talvez tenha sido isso — respondeu o baterista. — Mas e a nossa participação no programa do Bolinha? Todas as idas ao Raul Gil, aos programas de rádio AM nas madrugadas, a apresentação no Exército da Salvação. E as vezes em que tocamos em cadeiões? Aquilo não foi sucesso?

O guitarrista veio logo expressando a sua opinião:

— Estou totalmente fechado com o Gogô. Fizemos história, rapaziada! Participamos de eventos top e abrimos um show do Nelson Ned. E nunca se esqueçam da nossa performance na Festa do Peão Boiadeiro, em Santa Rita do Passa Quatro. Foi muito sucesso, sim, parceiros!

— Apoiado! — disse baixinho o baixista.

O tecladista, que ainda não havia se pronunciado, deu seu parecer:

— Talvez não tenhamos alcançado o triunfo dos Beatles, Stones, Vanusa ou Timóteo, mas tivemos nossos momentos de glória. Eu nunca esqueço a vez que Benito de Paula elogiou um solo de órgão Farfisa que fiz numa boate na Santa Cecília.

Todos brindaram com seus copos de chope. Os *hip hip hurra!* ecoaram pelo botequim. Somente o vocalista escutava as opiniões dos parceiros, sobre as façanhas da banda, em completa mudez. Bebericava o chope, já quente, sem dizer palavra. Quando a mesa se calou de novo, ele disse:

— Então, vamos pagar a conta? Daqui a pouco começa nosso show na sauna gay.

NARIZ ENDUBIDO

Desde gue gobeçou a bandebia, não dinha figado nesse esdado. Esdava em gasa gom binha fabília dinha dois anos.

Eu, dois filhos beguenos e a esbosa. Não sou o dipo de hobem estrezado, sabe? Só gue debois das gontabinações, a gende dendo de drabalhar no hobe ófice, gobeça a figar dervoso gom dodo bundo. Gualguer goisinha gue faziam, um parulho besbo, aguilo ia be ingobodando gobo se fosse o som de uba gombosição de drem dendro da gabeça.

O brobleba de ficar fejado gom eles foi biorando, biorando. Oudra goisa gue gobeçou a be dar foi falda de sono. Drês, guatro horas da banhã e eu combledabente desberdo na gama. Jundou gom a binha irridação e brondo: birei um baluco dendro do abartabento. Bara dendar figar bais dranquilo fiz a baluquice de dobar ubas bingas gue a binha gunhada drousse de Barati.

No gobeço pipia bouco. Só gue, sem der o gue fazer, debois gue agabava o hobe ófice, begava o gopo e dobava dodas. A guestão é gue, em vez de figar bais dranquilo, figava esdressado. O beu garodo bais dovo, uba noide, bexeu no declado do beu combutador. O dorbal seria só falar bra ele: "Bedrinho, dão bode bexer aí, é goisa do drabalho do babai". Gual o guê! Eu gridei: "borra, Bedro, dira a bão da posta desse declado!". Goitado, o bolegue draubatizou.

A goisa não barou bor aí. Deve um dia gue pebi danto, bas danto gue abaguei. Na hora em gue agordei não dinha bais dinguém em gasa. Não subortaram bais a lougura e se bandaram. Dossa, figuei balugo! Dois anos bibendo gom as besbas bessoas, no besbo esbaço. Besmo gom as disgussões dodas, a gende não sape bais gobo gontinuar.

Endão gobecei a perrar gue nem lougo: bolta, Eliete; bolta Bedro; bolta, Garlinhos! O bior é gue nem dotei gue eram guatro e beia da badrugada.

No beio do perreiro, pateram na borta do abê. Fui gorrendo adender, na esberança de ser a esbosa e os beninos. Guando adendi, era o goronel gue bora no andar de cima. Não deu dem dembo de aprir o pico. Ele beteu o zoco inglês na binha gara, eu gaí feito um bacote no bufe. Faz drês dias gue esdou gom a voz assim. Dodo bundo be bergunta se beguei govid, bas esdou é gom o dariz dodo esbadifado. Não bejo a hora gue acape essa posta de bandebia.

RETRATO DO HAMBÚRGUER QUANDO ORGÂNICO

Eu não sou vegetariano, mas como animais que são.
GROUCHO MARX

Pensa que é fácil ser hambúrguer orgânico?

Primeiro, a gente precisa ser 100% de origem vegetal. Mas tem um detalhe: ainda precisa ter textura e cheiro de carne. Aí, na preparação, vai proteína de ervilha, proteína de soja e de grão de bico. Fora a beterraba pra imitar a cor e o sangue da carne. E tudo sem glúten, sem transgênicos e, claro, sem carne.

Ah, é tanta coisa que até esqueci o essencial! A mega seleção dos ingredientes. A ervilha precisa ser "a" ervilha, a beterraba não é qualquer beterraba: é a mais bonita e roxinha da horta. Sem falar no grão-de-bico da hora. Tudo precisa ser do bom e do melhor.

Pra gente chegar até um pão de hambúrguer, acontece muita coisa. Passamos por salas de refrigeração, congelamento, equipamentos de esterilização, cozimento. O pessoal mede a temperatura toda hora. Pra nós é meio chatinho permanecer estocados a -1ºC, mas ficamos livres de qualquer tipo de micróbio.

A história da nossa criação também é muito bonita. Os caras pegaram máquinas de fazer hambúrguer de carne e as estudaram um tempão. Não havia maquinário de fazer carne vegetal orgânica. Já pensou o trabalho, a grana que não foi pra fazer um projeto assim? E tudo meio no escuro. As pessoas, em geral, têm resistência ao novo. Mesmo existindo um avanço na procura por alimentos saudáveis, um aumento no número de veganos, vegetarianos, mas vai saber? E se, na hora do hambúrguer, o povo não curtisse? Nunca se sabe, o mercado é uma loteria.

Vem dando muito certo a minha vida, sabe? Não posso me queixar. É ótimo quando você está num ramo que admira e ao qual curte pertencer. A gente vê o esforço da galerinha pra manter os padrões de qualidade, o amor com que eles preparam cada um de nós.

Que bom que o mundo não é só fake news, ideologia do ódio. Mesmo em meio ao extremo consumo das sociedades, pode haver espaço pra escolhas mais sensatas. Mais a ver com um modo de vida equilibrado. E eu, enquanto um hambúrguer orgânico, me sinto partícipe dessa corrente do bem. Desse movimento que quer o ser humano mais pleno, mais no seu aqui-agora.

Tenho consciência de que sou apenas um hambúrguer orgânico. Nem chego a parafuso na gigantesca engrenagem do universo. Mas combino com atitudes positivas do tipo andar descalço, meditar, amar os seres vivos, ter empatia pelo outro, rir, tirar uma soneca, sair correndo nas areias de uma praia, ouvir o silêncio, ficar em contato com a natureza, dançar, cantar, dar uma pausa ligeira durante o trabalho, se espreguiçar.

E, olha, eu digo mais...

* * *

— Yeda, isso é hambúrguer orgânico?

— Poutz, peguei errado no supermercado...

— Vou jogar essa merda fora. Pede no app um Duplo Quarteirão pra gente.

— Boua!

DE OVO VIRADO

O ciúme é um latido que atrai os ladrões.
Karl Kraus

Seu Farid vivia maritalmente com dona Clélia desde a Guerra dos Seis Dias. Já tinham gerado uma filharada, três dos quais inclusivamente trabalhavam na loja de armarinhos do pai, ali na área da Previdência. Cada qual já tinha o seu domicílio próprio; o velho turco providenciara tudo, e em vida, com o fito de não deixar nó pelas costas quando fosse ter com as 11 mil virgens.

Dona Clélia, dama oriunda de extrato social de baixo extrato, teve seu primeiro contato com seu Farid num dancing da avenida Ipiranga. As línguas agoureiras diziam que o estabelecimento, na realidade, era de entretenimento adulto — no sentido mais adulto possível. Troncho de benquerença por sua parceira de boleros e tangos, seu Farid não demorou para convidá-la a trocar alianças.

Matrimoniada, dona Clélia começou a ter comportamento aciumentado. Parecia até que o esposo era o pé-de-fandango do casal. Deu logo para botar deslustre nos camaradas de canastra do marido. Em seguida, tocou na rua as serviçais, com menos de 25 anos de idade, trocando-as por arcaicas senhoras que tinham mais cara de freiras da clausura do Mosteiro da Luz.

Bonacheiroso, seu Farid tinha de pensar diferente sobre aqueles achaques esposais: eram a prova do paixonismo de dona Clélia por sua pessoa. Até que a patroa, certa noite, abusou do excesso de zelo e fez-lhe passar por uma que o deixou de ovo virado.

O homem tinha sido invitado para uma homenagem na Associação Comercial do Sub-Distrito do Butantã. Cousa reputada;

justamente por sua laboração no ramo dos armarinhos e correlatos, com diploma, presença de vice-prefeito e medalha de honra aos méritos auferidos.

Meia-de-seda daqui, amendoim confeitado dali, quando chegou a ocasião do medalhamento, já passava das 12 da noite. Seu Farid acabou ancorando em casa já batendo mais de duas da matina no cuco do corredor.

Desperta e paramentada como se fosse a uma tertúlia, dona Clélia abriu a porta do WC e apontou a banheira cheia de água morna. Emendou, numa classe quase crassa:

— Tira a roupa e mergulha, Farid.

— Por quê? — perguntou ele, mais ressabiado que lagosta em tanque d'água de restaurante chinês.

— Porque sim.

Resignoso, restou-lhe apenas imergir-se. A mulher botou as butucas na boiação como se o marido estivesse flutuando no Mar Morto. Após alguns minutos de observação, dona Clélia o liberou das abluções.

Nos lençóis, no calor da intimidade edredônica, seu Farid quis conjuminar melhor a situação que acabara de passar na tina de água. Dona Clélia, mais serenada, explicou:

— Confio em você, mas nas outras, não. Por isso, fiz um testezinho que a comadre Jamila me ensinou.

— Teste? — surpreendeu-se Farid.

— Sim. Quando o homem dela chegava tarde dos arrruamentos e Jamila desconfiava de algum desaprumo, botava-o desvestido na banheira.

— E o que mais?

— Via se as bolas boiavam.

— Hummm, e se subiam?

— É que estavam vazias.

— E daí, Clelhinha?

— Daí que o esposo tinha usado os berloques...

Seu Farid soltou uma gargalhada daquelas de traumatizar recém-nascido. E, curioso, ainda perguntou:

— E o homem da Jamila, tava de tareco cheio ou vazio?

— Vazio, — disse dona Clélia — os dele subiram loguinho pra flor d'água...

— E então...?

— Comadre Jamila deu-lhe uma peia de toalha molhada. Nunca mais saiu da lei e da ordem.

Sorriram tanto que aquela noite desdormiram.

SOBRE MAGISTRADOS E CUECAS

Doutor Mauro Manchego sempre foi homem de respeito no Jardim Maria Luíza. Dali, daquele bairro paulistano mais esquecido que guarda-chuva em coletivo, ele se lançara na vida. De amolador de facas conseguiu abrir um ponto de bicho e, de bicheiro sem senioridade, formou-se advogado com venalidade. Logo depois veio a nomeada para delegado regional, e, a partir daquele ponto, não haveria mais frenagem que brecasse sua ascensão jurídica. Depois de alguns chega-pra-lá e beija-mãos, cavocou até virar juiz federal.

No dia do empossamento, o Maria Luíza ficou mais embucetado do que em Dia de Reis. A Firmina da Feijoada mandou sangrar um porco baé e acomodou numa mesona da praça feijão preto, chouriço, laranja-da-baía e farofa rica pra mais de 250 bocas esfaimadas.

Ali pelas 15 e tanto veio a eucaristia da efeméride: a arenga do Doutor Manchego. Só de relembramentos a Cícero, o juiz lançou mais de dúzia. Depois vieram as tradicionais obrigadices a cada um daqueles queixos que trituravam rabo de porco e costelinha como se o sol não fosse brilhar nunca mais. Nos terminais da fala, com gritos de "nosso rei!", o doutor anunciou que, antes de assumir o posto, partia para dias de desrecesso em Paris. "Merecido!" — o povaréu ululava.

Na manhã seguinte baixavam dona Loreta e o esposo nas ribanças da Rive Gauche. Mal aquietaram as malas num canto do quarto 17 do Hotel des Deux Continents, a consorte clamou:

— Mauro, tu me leva na Galeria Prantãpi?

O juiz pretendia dantesmente tomar um fôlego para só depois cair nos conversês, já que seu conhecimento dos vulevus e napadequás era menor do que o salário de um estagiário de gari. Mas acabou dando um RSVP positivo à dona Loreta. Estava mesmo carecendo de umas cuecas de pano fino, afinal a magistrância pedia distinção e elegantagem até na abertura do canal alimentar.

Quando deram na gigântica loja de departamentos, por sorte o doutor já viu abancada em sua frente a ficira de cuecas. Saiu logo por detrás do balcão uma galega de uma peitama respeitosa. Foi dizendo com aquela biquice de Brigitte Bardot:

— *Vous voulez les caleçons?*

Avexado de passar por coió na frente da patroa nas estranjas, doutor Manchego fez que manjava do parisiene todo e a rispostou lascando a única palavra que conhecia do idioma gaulês:

— *Oui...*

A fulvinha, por seu turno, sacou de uma gavetorra um sem-número de cuecas de todas as padronagens, tonalidades e tegumentos. Foi exibindo-as, uma por uma, ao freguês. Ao final de cada desfile, indagava se aquela o agradara. Ele dizia:

— *Oui...*, mas eu quero MAIOR.

A vendedorinha, sem entender lhufas de *rien*, apenas passava para outro modelo. E o doutor Manchego ia berrando, cada vez mais alto:

— M-A-I-O-R!! M-A-I-O-R!!

Ali pela exposição da sétima calçola de macho, o rei do Maria Luíza já urrava, acreditando que, se berrasse feito uma araponga, seria melhor entendido pela senhorita francamente mamuda. Em trabalho de aprimoramento de seu discurso, mostrava com as mãos ossudas, paralelas uma à outra, o tamanhaozão que deveria ter a ceroula.

— É M-A-A-I-I-O-O-O-R! *OUI*?

Com a reverberagem do "maior" cada vez maior, não demorou para se aglomerarem anônimos locais e turísticos em volta daquela barraca de Zorba. Frente às murmurices do povo comprador em volta, não restou ao doutor Manchego senão carregar nos decibéis da gritância:

— MAAAAAIIIIIOOOOORRRRRR!

A segurança da galeria foi acionada. Em poucos minutos apresentaram-se os gendarmes e conduziram a dupla por debaixo de bofete e por riba de tapona ao domicílio da Lei.

Dias depois, o casal retornou ao Jardim Maria Luíza. Dona Loreta, morta em vida, sem histórias para contar; doutor Manchego sem cuecas.

DECÁLOGO DO VERDADEIRO COMEDIANTE DE STAND-UP

Dizem os entendidos que as origens do stand-up remontam aos pregadores protestantes da Europa e da América do Norte. Com uma diferença: os preachers falavam o idioma de Deus; os comediantes, a língua do Diabo.

Como a Coca-Cola, o jeans e Hollywood, o stand-up acabou desembarcando por nossas paragens. E, coincidentemente (ou não), quando os evangélicos estão se tornando um espinho na unha de dois papas ao mesmo tempo.

Quem assiste, contudo, a certos espetáculos nota que já começaram a esculhambar os ditames da coisa. E não me venham dizendo que a coisa é tropicalista ou antropofágica: pra mim é desconhecimento das regras da arte.

Fora ficar de pé e segurar um microfone, stand-up é juntar uma série de piadas que tenham começo, meio e um twist no final. Simples assim. Qualquer coisa diferente da fórmula descrita é solilóquio, discurso de formatura engraçadinho, tudo menos stand-up.

Pensando no tema, decidi postar este pequeno texto inspirado no clássico "Decálogo do Verdadeiro Humorista", criado por Millôr Fernandes no tempo em que sarcasmo ainda era chamado de pilhéria. Seguem as minhas observações.

Caso não concorde, entre num cursinho online de comédia em pé, vá fazer seus shows no Lions Club de Buriti dos Lopes e esqueça o que leu aqui.

1. Fazer stand-up não é inventar personagens, isso é a Praça da Alegria, não comédia em pé.

2. Não basta ter uma cara engraçada para ser engraçado, é preciso saber escrever um material decente.

3. O stand-up, por si só, é minimalista: uma pessoa e um microfone. Ele é para o humor o que a bossa-nova é para a música. Bancar o Pavarotti das anedotas vai ficar exagerado, para não dizer idiota.

4. O palavrão, no stand-up, é um recurso de merda que fode qualquer espetáculo a médio prazo.

5. Piada é uma crítica sociocomportamental, não uma aplicação de renda fixa.

6. Lembre-se sempre: você não é um pop-star. É apenas um bobo da corte em tempos de redes sociais.

7. Todo cidadão tem o direito de apoiar correntes políticas. Mas o humorista não é um cidadão, é uma hiena no meio da savana. E hienas não têm ideologia.

8. Não há fórmula para se fazer humor. Participar de workshops visando a aprender stand-up é como fazer um curso de educação a distância para ser astronauta.

9. Criar um estilo não é imitar um estilo. Isto chama-se plágio, e o Macaco Simão copia melhor que você.

10. Evite piadas com freiras. Dá azar.

ROSÁRIO, O ESTAGIÁRIO

Fiz ESPM. Tá bom, não fui dos caras mais foderosos em notas. Tinha os botecos, as baladas, as minas. Mas sempre passei na média.

Depois que peguei o canudo, consegui passar uns tempos na gringa. Trabalhei no Burger King nuns picos de Idaho, fiz intercâmbio e tudo o mais. Eu achava que o lance de sair do Brasil já seria meio estágio na Criação de agenciona. Mas, que nada, tudo papo furado, velho.

Voltei ruim de grana: tinha torrado tudo em balada, minas, tênis Nike e num MacBook Pro.

Mesmo assim cheguei me achando. Foi mal, mas pensa: seis meses fora, inglezão bombando, umas camisetas feras que tinha trazido. Cara, eu já era "um" da Criação!

Fui a uma agência pequena pra iniciar os trampos. Porque ali eu sabia que neguinho ia me botar pra dentro sem muita vaselina.

A parada ficava perto da estação Armênia. E os malucos tavam numas de prospectar qualquer lance, até conta de boca de fumo. Um cara se apresentou como CEO e me bateu que eles tavam precisando urgente de faturamento, aqueles papinhos.

Topei ajudar o CEO na prospecção. Não era grande coisa, um interruptor de luz. Tá bom, um interruptor design para cacete. Mas não era aquela conta de carro, banco ou cerveja, que eu sonhava pilotar.

O CEO contou que a gente tinha até segunda de manhã pra mostrar pro freguês. Era sexta, final da tarde. Detalhe: queria três opções criativas.

Perguntei da equipe. Aí ele fez outra revelação: a equipe era um diretor de arte e eu. Ele faria o retroplanejamento, e o resto tudo nóis na fita.

Nem voltei pro apê que dividia com o Cachaça, diretor de arte de healthcare e ex-colega da ESPM. O CEO disse que tinha uma janta importante. E tipo nove e meia saiu fora. Foi ele partir, e pintou o diretor de arte. O maluco parecia o Sargento Garcia, aquele do Zorro. Tinha uns 60 anos, e o hálito era pura essência de rabo de galo.

Resumindo, só voltei pro muquifo da Heitor Penteado no domingo de manhã. Pra tomar um banhinho, dar um cochilão e trocar a roupa pro turno da tarde. É, mano, o CEO queria ver as linhas e ia pra agência às quatro.

Sargento Garcia chegou na hora, num porrinho legal, Halls mentho-lyptus na boca e tals. Fomos logo apresentando os conceitos. O CEO fez um mix da ideia dois com a ideia três. Ficou assim: *Interruptores X. Se liga.* Achei meio vago, mas o cara mandava. Sargento Garcia marcou os layouts, e eu comecei a finalizar os roteiros em cima da assinatura aprovada. Vamos ganhar essa porra, o presida berrou.

Quando deu umas oito, eu ainda tava arrematando a porra toda, o engravatado entrou na salinha. Ei, dois, vamos ver umas gatas? — sugeriu. Grande Mendonça! — gritou Sargento Garcia num berro que encheu a saleta com um aroma meio eucalipto, meio álcool gel.

Eu tava podraço. Mas aprendi nos intervalos da facul que convite de diretoria não se desdenha. Fui até o banheiro, lavei o carão e fomos os três pra night.

A casa que o Mendonça escolheu era de pleiba. Fiquei olhando o estilo daqueles Boeing todos passando, pensando no que ia falar. 'Tenho 600 seguidores no Insta, e você?' Era uma…

Resolvi dar uma volta e vi Sargento Garcia subindo com dois Airbus pros quartos. Achei que ele tinha ficado louco e fui acudir. Mano do céu, você sabe quanto custa ficar 15 minutos com cada minazinha dessas?

O cara estava pensando que era o Zorro aquela noite. Quem tá com o Mendonça tá com Deus, o mascarado dizia, sorrindo.

Fiquei na minha. Como os dois tinham sumido, paguei as cocas que tinha bebido, a consumação e voltei pra Heitor Penteado de Uber.

Na segunda à tardinha, retornei à agência louco pra saber o que tinha rolado na concorrência. Ao chegar na recepção, a mocinha foi logo me encaminhando pro RH. Não precisamos mais de seus serviços, Rosário, disse o gerentinho.

Normal.

Na saída encontrei o tiozinho diretor de arte. Tava com a maior cara de bunda. Não pude deixar de perguntar como tinha sido a noite com os dois aviões. Ele se fechou todo e resmungou: velho, acabei pagando do meu bolso, o Mendonça sumiu. E agora ferrou tudo mesmo, porque a merda de conceito que você criou fez a gente perder os interruptores. Babau, reembolso da casa da luz vermelha…

No Luz-Pompeia, de volta, pensei com os meus botões: não tem jeito — até com Idaho, ESPM, camiseta fera e MacBook Pro, estagiário de Criação só se fode.

ME ENGANA QUE EU ME ENROSCO

Só com 12 anos de idade entendi o que era ser corno. Não que eu tivesse sido traído na ocasião, nessa idade minha maior paixão era a série *Perdidos no Espaço*. Mas foi porque conheci Janjão, primo em segundo grau de minha mãe.

Mais do que uma explicação para uma criança do que significava possuir um par de guampas, Janjão foi uma master class sobre o que é um indivíduo temperado, enfarinhado e frito na infidelidade.

Era casado com Neide, que mais parecia uma atriz mexicana fazendo o papel de dona de uma casa de tolerância em Tijuana. Pelo que pude apreender com meus poucos recursos de infante, Janjão era regularmente marrado e, ainda assim, teimava em manter-se dentro dos votos conjugais. Neide, por sua vez, mesmo tendo a liberdade de lançar-se a quem bem quisesse, já tinha optado por largar "o frouxo do Janjão".

Comentava-se aos cochichos em casa que o primo de mamãe já chegara em seus domínios e encontrara a patroa na companhia de um encanador sob os edredons. Antes que o trabalhador se retirasse, Janjão, como se nada tivesse ocorrido, teria lhe dito:

— A torneira da cozinha tá numa pingadeira danada. Tem como o moço dar uma olhada?

Certa noite pediu uma audiência privada a meu pai — advogado experimentado nas causas familiares mais labirínticas. Num canto, sem ser visto, presenciei tudo.

— Primo, me ajude! Eu não quero largar a Neide de jeito maneira. E agora, ela anda fazendo de tudo pra eu querer! — desesperou-se Janjão.

Papai, uma espécie de Salomão da família, pensou. Melhor dizendo, obtemperou. Depois de uma curta pausa, acendeu um Benson & Hedges e falou:

— Mas, Janjão, por que é que tu ias querer a Neide, rapaz? Ela não te logra não?

— Logra, Vado!! Mas eu quero continuar sendo logrado, ludibriado, engabelado, tudo. Desde que seja pela Neide — gemeu Janjão, os olhos surfando em lágrimas.

Meu pai coçou o bigode. Quando isso acontecia, o caso era grave. Em seguida foi ponderando com calma:

— Olhe, parente, isso não vai dar certo. Um matrimônio não pode ter como base a trapaça. Você precisa reagir. Tome tento, saia de cabeça erguida e vá cuidar de sua vida. Deixe a Neide lá com as bestagens dela.

— Não, Vado, vim te pedir uma assessoria de advogado porque quero justamente é o contrário.

— Que contrário, rapaz? — perguntou meu pai, já começando a se impacientar.

— Eu quero uma salvaguarda de que, fazendo o que fizer comigo, a Neide não pode botar um ponto final nesse casamento. Tu compreendes, meu primo?

Outra cofiada no bigodinho, a coisa era muito preocupante.

— Tu queres então, mesmo sofrendo mais que joelho de freira na Semana Santa? Se for isso, compreendi, sim.

— É isso, é isso! — tranquilizou-se Janjão.

—Pois tá bem — disse meu pai.

— E o que eu posso fazer, primo?

Meu pai levantou-se. Foi até a estante, separou um LP de Altemar Dutra e colocou-o no toca-discos. A voz começou a bradar nos alto-falantes *sentimental eu sou, eu sou demais*. Daí foi até Janjão, deu-lhe umas pancadinhas no ombro, e disse:

— Chore, parente, chore...

OS QUÁS-QUÁS-QUÁS DO IDIOMA

Se tem uma coisa que me irrita são os estrangeirismos da língua portuguesa. My god! Ouvi-los ou lê-los me dá um bug na cabeça. Quanta bullshitagem!

Outro dia fui a um shopping center, ali em downtown, e foi triste demais. Já no parking, o valet vem e me pergunta se eu tinha o card de acess à garage. Precisa chamar tag de card?

By the way, respirei fundo e entrei no mall. Antes de assistir ao remake do *Joker*, queria comprar um mouse para o meu laptop e comer um burguer qualquer. Então dei uma busca no snack bar mais próximo. O que você vê nos menus? Aquela profusão de milk-shakes, ice cream sodas, fried potatos, toasts. Devia ter ido a um self-service. So sad, gente.

E a coisa está em todos os lugares. Tipo everywhere, sabe? Não apenas em griffes, mas em qualquer graffiti. Parece até que o cash flow das empresas depende dos estrangeirismos pra ter profits melhores.

O brasileiro não fala mais português, dá a letra numa língua worldwide, só que ninguém entende. Muito menos os native speakers como eu. Fico me perguntando se não tem a ver com o zeitgeist.

Converse com um boy do iFood. Ele já vem com uns paybacks, uns pay em cash, uns sales. Disgusting demais.

Será que não era o caso de a Academia Brasileira de Letras propor uma détente na situação? Porque ela fica cada vez mais crazy.

Reuniões de job? É a mesma coisa, man. O povo mandando briefing, deadline, inside information, summing up — tudo num mix muito doido. Você não consegue sequer fazer um set-up do que está se passando, e já vem uma palavra em outro idioma. Numa mélange linguística dessas, não dá pra tomar pé de coisa nenhuma. Rien de tout, I mean.

Virou uma megablaster Babel em que o self das pessoas foi substituído não só por selfies, mas por palavras completamente nonsense, pra não dizer junk.

Sei lá, só um desabafo, folks.

QUAISCALINGUDUM

Ele não podia ficar nem mais um minuto com ela.

— Sinto muito, amor, mas não pode ser — disse, tristemente.

Morava em Jaçanã e, se perdesse aquele trem, que saía às 11 horas, só na manhã seguinte pegaria o próximo. E tinha outra coisa: a mãe não dormia enquanto ele não chegasse.

— Sou filho único, — falou — tenho minha casa para olhar.

E repetiu:

— Não posso ficar...

Mas acabou ficando. A CPTM, pela quarta vez na semana, teve problemas na rede elétrica.

Quais, Quais, Quais, Quais, Quais, Quais!

Quaiscalingudum!

Quaiscalingudum!

Quaiscalingudum!

IMITAÇÃO DA VIDA

Um casamento clássico. Trocaram alianças no padre e no civil, conforme as regras da arte conjugal. Antes ficaram noivos por sete anos, economizando cada centavo, para poder adquirir e mobiliar o apartamento. Em seguida veio o financiamento da viagem de lua de mel para Bariloche. Feito isso, passaram a tratar de viabilizar a festa de bodas num bufê elegante. Foi um grande sacrifício em nome de formar família, mas deu tudo certo.

Como também deu certo quando Jenifer soube que estava grávida. Clarinha veio ao mundo cercada de muito amor, carinho, pediatras e vacinas aplicadas em laboratório particular.

Como sucede num casamento clássico, não tiveram problemas maiores até o sétimo ano de união. No entanto, curiosamente, após esse período tido como fatídico para os nubentes, passou a haver uma considerável desconstrução no edifício matrimonial.

Ivo conheceu Cleide. Que, num casamento clássico, é sempre uma das amigas da esposa. Os três foram incontáveis vezes ao cinema, depois a jantares e até viajaram juntos. O que facilitava a presença de Cleide entre Jenifer e Ivo era o fato de ela ser viúva. Morrera o marido, ainda na flor da idade.

O passatempo favorito do casal amigo era tentar arrumar um novo companheiro para Cleide. Durante os rega-bofes, passavam horas bebendo vinho, gargalhando e imaginando qual dos conhecidos poderia ser o parceiro certo para ela.

Até que, um dia, foi Ivo quem se alçou a essa posição.

Foi direto ao ponto, dizendo que gostaria de conhecer a amiga da esposa mais profundamente. A assertiva poderia ter sido mal interpretada por uma alma contrária ao androcentrismo, mas Cleide não captou o duplo sentido. Mais: aceitou o pedido.

Passaram a relacionar-se mais profundamente dali em diante. Inclusive, nada mudou na rotina do trio. Fizeram até uma viagem pela Chapada dos Veadeiros em conjunto. Obviamente, por tratar-se de um casamento clássico, Jenifer não desconfiava de que sua amiga praticava profundidades com Ivo. Só que poderia passar a desconfiar quando Cleide anunciou a Ivo que engravidara e teria a criança de qualquer maneira, ele querendo ou não.

Ivo tentou esfriar o caldo. Cleide, no entanto, estava resoluta: iria comunicar o fato a Jenifer, caso ele não assumisse tudo.

Mantendo sua posição androcentrista, Ivo disse-lhe que fosse então.

Corta para o apartamento de Jenifer e Ivo, à noite:

— Quem é esse cara no nosso quarto, Ivo?

— Um humorista, amor.

— O quê?

— É, ele faz imitações, essas coisas…

— E daí?

— Bom, eu preciso te dizer umas coisas complicadas, ele vai me imitar.

SER BRASILEIRO

— Se o brasileiro é pobre, é ladrão.

— Se o brasileiro é rico, roubou.

— Se o brasileiro é bonito, é convencido.

— Se o brasileiro é feio, é porque é brasileiro.

— Se o brasileiro é competente, está enganando.

— Se o brasileiro é incompetente, é porque não é de Primeiro Mundo.

— Se o brasileiro diz que é satisfeito sexualmente, é mentiroso.

— Se o brasileiro diz que é insatisfeito sexualmente, é broxa.

— Se o brasileiro adora viajar para fora do país, é um alienado.

— Se o brasileiro gosta de conhecer seu país, é um nacionalista babaca.

— Se o brasileiro é branco, é um safado.

— Se o brasileiro é negro, é um safado.

— Se o brasileiro é índio, é um safado.

— Se o brasileiro é amarelo, é um safado xing-ling.

— Se o brasileiro é casado, é corno.

— Se o brasileiro é noivo, é corno.

— Se o brasileiro é solteiro, brevemente será corno.

— Se o brasileiro diz que lê, está mentindo.

— Se o brasileiro diz que não lê, é um débil mental.

— Se o brasileiro gosta de futebol, é um ignorante.

— Se o brasileiro não gosta de futebol, é um babaca.

— Se o brasileiro escapou da covid, deu sorte.

— Se o brasileiro morreu de covid… e daí?

— Se o brasileiro está empregado, foi favorecido.

— Se o brasileiro está desempregado, é um preguiçoso.

— Se o brasileiro inventa algo, foi plágio.

— Se o brasileiro não inventa nada, é um colonizado.

— Se o brasileiro diz que é brasileiro, é um trouxa.

— Se o brasileiro não diz que é brasileiro, é um ingrato.

MORAL: o brasileiro é o único povo racista consigo mesmo.

TURISMO? NÃO, OBRIGADO.

A religião não é mais o ópio do povo, é o turismo. Se for assim, sou ateu.

Graças a isso, hoje em dia não sofro com a impossibilidade de me deslocar durante o festival de pandemia que assola o país.

Viajei muito até os 40 e poucos anos e agora, como ironizava o Millôr, espero que Veneza venha até mim.

Essa preguiça crônica por deslocamentos, sem dúvida, deu-se por causa de minha última investida a Portugal.

Depois de buscar por um hotel razoável numa pequena cidade da Beira Baixa, desisti e caí numa velha hospedaria de periferia. Era noite alta, e aceitei o primeiro quarto que o estalajadeiro me ofertou.

O calor estava de fritar alheiras na calçada. Como não havia ar-condicionado, arreei a janela da câmara. Cansadíssimo, despenquei na cama do jeito que estava. Minutos depois, um estrondo me despertou: um pombo gordo pulara para dentro da habitação.

Começou a caça. Eu corria atrás da ave, e, quando ia pegá-la, a maldita alçava aquele irritante voo curto dos columbiformes. E assim foi até que a senhora do quarto ao lado passou a embirrar com a barulheira:

"Ó bizinho, estás a cabalgaire aí em vossos apusentus?", ela gritou, enraivecida.

Trocamos algumas palavras duras. E, exaltado, decidi cometer uma maldade maior. Quando finalmente agarrei o pombo lusitano, lancei-o na janela da mulher. Foram cerca de dois minutos de uivos agudos e palavrões que nunca ouvira na vida ("que um *toiro* lá da Mouraria se *daite* por cima de ti, ó, *p'derasta*!).

Mas, uma hora, tudo cessa. Antes de adormecer, cheguei até a sentir fome. Liguei ao estalajadeiro e pedi um queijo quente.

"Somente o *caijo cainte* ?", indagou ele.

Disse-lhe que sim. Em 15 minutos, o homem bateu à porta segurando um prato no qual havia um pedaço de queijo muçarela derretido.

"E o pão?", quis saber, confuso.

"Falaste que só querias o *caijo cainte*...", explicou ele.

Após a "refeição", dormi pesadamente, apesar de a cama não ficar na posição horizontal. Instalei uma cadeira empoeirada em sua proa, mas esta não resistiu ao meu peso e caímos — cadeira, colchão, estrado e eu.

Às seis da manhã, inteiramente picado por pulgas e muriçocas, acordei com o arrulho de vários pombos ciscando em minha janela — ao lado da habitação ficava um galinheiro.

Para não cruzar com a vizinha, saí correndo do quarto e ordenei o check-out. Enquanto o estalajadeiro fechava as contas, fui à salinha de maletas no hall, puxei a minha, paguei as despesas e dirigi-me à estação onde peguei o comboio para Lisboa.

Num hotel infinitamente melhor da capital, abri a mala antes do merecido banho de banheira, e veio a surpresa: a valise que pegara na salinha era a da minha grosseira vizinha de quarto.

Descobri por que — além dos pombos, galinhas, pulgas e muriçocas — só se hospedavam na velha estalagem ela e eu.

SERÁ QUE VAI CHOVER?

Manuel Bandeira comentava que percorrer as crônicas de Rubem Braga era sempre bom. Quando o capixaba, contudo, estava sem assunto, era ainda melhor.

Percebi o fato revisitando vários desses registros do gênero "palavra puxa palavra".

Hoje estou sem nada para discorrer, algo me diz que estou prestes a consumar um dos melhores textos já postados por aqui.

Por causa do meu fastio, versarei hoje sobre a ausência de assunto.

Falta do que falar me lembra uma história do cartunista Paulo Caruso. Disse-me ele que uma vez estava no Rio e entrou no elevador de um prédio na Zona Sul.

Percorreu alguns andares, e a porta se abriu. Entra o Chico Buarque de Hollanda. Fica aquele vazio constrangedor por um tempo infindável. "O que dizer para o Ardósia, ainda mais sozinho com o indivíduo numa caixa?" — conjecturava o artista do traço. Creio que Caruso deva ter imaginado algumas possibilidades. Algo assim:

"Parabéns pela letra de 'Construção', das coisas mais geniais da música brasileira aquilo".

"E o Politheama, hein?"

"O Marais é legal? Prefere lá ou o Leblon?"

A questão é que nada do que poderia dizer cairia bem num momento daqueles. Foi quando resolveu proferir algo de improviso, considerando que qualquer coisa é melhor que a mudez num elevador. Especialmente dividindo-o com um ícone.

— Eu também tenho um Chico na família — soltou segundos antes de a porta se abrir e o bardo da MPB sair para o calçadão e o sol.

Do meu ponto de vista, a escassez de assunto comanda o mundo. O fato de não ter o que comentar, avalizar ou divergir poderia levar as pessoas a pensar sobre suas próprias existências, e o fato transformaria o planeta. Como muita gente poderosa está interessada em que isso nunca aconteça, é preciso preencher a vida com conteúdo. Na maioria das vezes sem conteúdo algum, mas recheá-la ao máximo de premissas é necessário para mantê-la como está.

A minha hipótese explica a extensa programação da TV, os videogames, os botequins, a meteorologia, as redes sociais, as Olimpíadas e até esta singela crônica. Sem eles, ficaríamos como o Paulo Caruso diante do Chico Buarque: calados, filosofando sobre o devir.

Falta de enunciação gera até obras de arte. *Um copo de cólera*, de Raduan Nassar, considerado o maior escritor brasileiro contemporâneo, é o quê? Um sujeito vai para uma chácara, transa com uma mulher e depois fica alterado porque as saúvas comeram a cerca-viva da sua propriedade. Que magistral paralisia!

Há o lado bom nisso, como em tudo. A falta de tópicos a discutir já levou um grande número de pessoas a deixar a inércia para entrar nas vias de fato.

— Será que vai chover?

— Não sei.

— Bom é sol, né?

— É.

— Vai fazer alguma coisa?

— Não.

— Eu também não.

— É?

— É.

— Humm, sabe que isso me deu uma ideia?

— É?

— É.

— Qual?

— Vamos pra algum lugar?

— Pode ser...

Por causa da completa inexistência de assunto, os dois abandonaram a letargia, partiram dali e foram engendrar uma vida.

Em tempo: viram como a minha anorexia verbal rendeu um textinho razoável? Não é à toa que Rubem Braga é considerado o rei dos cronistas.

OS TRÊS PORQUINHOS BRASILEIROS

Era uma vez três porquinhos que viviam com a mãe no Rio.

Um belo dia, a genitora, vendo os filhos já grandes, pediu que eles saíssem de casa para construírem suas próprias vidas na Zona Sul. Ela preparou uma cesta com comida para cada um e forneceu algumas economias para que comprassem material para construírem as casas.

Quando estavam no ônibus, o primeiro porquinho — o mais preguiçoso — deu uma ideia aos irmãos: "aê, pra que entrar nessa de fazer três casas? É só uma, mermão!".

Os outros concordaram. O mais velho completou: "o que sobrar da grana a gente compra de sacolé".

Foram até uma loja de material de construção de segunda mão, em Xerém, e adquiriram o básico para levantar o cafofo. Em dois dias o trabalho estava feito: ergueram uma econômica casa com placas de Duraplac.

Durante meses promoveram festinhas com suínos e suínas de Copacabana. O pico dos três animais era conhecido no pedaço como "pocilga da galera". O mais novo era DJ, o do meio transava os cocktails e o primogênito administrava as drogas recreativas. Dia sim, dia não, rolava uma playlist nova. Leitões e leitoas dos arrebaldes não perdiam por nada o batidão.

Algum tempo depois, de manhãzinha, pintou um lobo no Posto 6. Percebendo a presença dos porquinhos, foi logo bater na casa. O suíno mais velho tinha deixado um caldeirão de sopa fervendo. Estavam num hang over violentíssimo depois do babado da noite anterior; um bom caldo de couve seria fatal pra ressaca.

Apesar da leseira, logo notaram a desagradável presença na pocilga. Começaram a correr com medo de o lobo derrubar a frágil casa e terminaram chocando-se com o fogão. Derrubaram-no. A boca acesa tocou na parede de Duraplac e, em segundos, estava tudo em chamas.

Por descaso ou esquecimento, os três porquinhos não tinham comprado extintores, e os bombeiros estavam de licença-prêmio.

Deu pra enxergar o incêndio de Cordovil.

Meia hora depois, o lobo entrou nas ruínas da residência. Foi o melhor churrasco de picanha suína da vida dele.

A VIDA EM CHEQUE DOS TALÕES

Eu estava matando o tempo com o colega. É o que a gente mais pratica, ficar papeando na falta do que fazer. Ele, como eu, está só com uma folha. Sabe-se lá como só nós dois fomos sobrar da montanha de cheques que o Fabrício passou. Tem coisas que nem a razão nem a contabilidade explicam. Certa hora, o amigo talão me soltou esta:

— Ei, será que nunca mais vão voltar aqui pra assinarem a gente?

Ele ainda tinha esperança de cair na conta de alguém. Eu não. Depois da repercussão toda nas redes sociais, acho impossível pegarem o que sobrou de dois talonários velhos e depositarem na conta do Flavinho, da Mi, ou do capitão. A coisa fedeu demais, inviabilizou geral.

De mais a mais, tem o preconceito com os cheques. A gente é o 'Melhor Idade' da economia. Todo mundo diz que ainda temos valor, mas nunca nos empregam. Preferem mil vezes usar cartão, celular, do que o velho e bom papel. Só numa exceção como a rachadinha, mas o checão está ficando cada vez mais raro.

Falei então para o talonário:

— Relaxa, cara. Lá fora, pandemia, escândalos, tornozeleiras eletrônicas. Estamos aqui, sussas, numa gaveta trancada. Estressar pra quê, meu velho?

Ele, porém, sempre foi teimoso. Quando escreve um lembrete no canhoto, já era. Nem determinação do Banco Central faz ele facilitar as coisas. Continuou naquele blá-blá-blá por um tempão.

Eu me fechei em capa, e em copas, para nem ouvir, odeio cheque chorãozinho.

Foi quando abriram a porta do escritório de supetão.

Pela voz era o advogado do Fabrício. Começou a falar com outra pessoa e a empurrar móveis, armários, mesas. O clima não sugeria nada de bom. A única coisa positiva foi o colega ter parado de reclamar.

Pelo que deu para entender dos diálogos, os homens precisavam fazer urgentemente uma queima de arquivo. Quer dizer, tudo o que estava na casa deveria desaparecer como se nunca tivesse existido.

Naquele momento me surgiu um filme na ideia. Minha confecção na gráfica, o funcionário conferindo se eu estava com as 20 folhas certinhas, todas as vezes em que o Fabrício me assinou animado (sim, dá para a gente perceber o sentimento da pessoa no instante em que coloca a rubrica). Depois veio a entrada na gaveta, o silêncio me abraçando — apesar desse falastrão junto comigo.

Como eu prenunciava, destrancaram a gaveta. A mãozona do advogado vasculhou cada canto e logo achou o outro talão e eu. Foi aí que rasg...

ESTE É UM TEXTO SÉRIO

Bem-vindos a um dos pouquíssimos textos sem graça de minha carreira.

Para ser exato, lembro-me apenas de um assim, redigido na pré-adolescência. Por um desses fatos inexplicáveis da vida, acabei, aos 13 anos, sendo raptado na saída do colégio. No esconderijo, o sequestrador mandou que eu fizesse um bilhete à família pedindo o resgate. Junto àquelas palavras dramáticas foi a pontinha da minha orelha. No dia seguinte, meus pais devolveram-na com uma carta dizendo que não tinham o dinheiro. No envelope, um vidrinho de cola Superbonder.

Episódios como o citado acima tornaram-me um adulto cético. Como muitos sabem, o ceticismo é a porta de entrada para o humorismo, essa arte do desespero contido. Foram anos e anos escrevendo em espaços como este. Eram piadas, pilhérias, patacoadas — apenas para ficar na letra "p", porque sou péssimo em sinônimos.

Sempre desejei ser um autor sério. Não um Nietzsche, com aquele bigode vassoura que assustava até padre exorcista, mas um nome minimamente valorizado pelos meus pares e pelo grande público.

É preciso dizer que não há respeitabilidade alguma na vida de um humorista. Duvida? Então tente concorrer a um prêmio Jabuti, mande seu original ao prestigiado Oceanos, alimente a esperança de que será chamado para uma live da Companhia das Letras, e aí conhecerá a chaga que é viver de fazer a vida alheia mais jocosa.

Humorista não é chamado nem para recolher as cadeiras da festa de encerramento da FLIP. Se um dos nossos aparecer em um evento artístico, vai ser para servir de escada a alguém que tem 500 mil seguidores no Instagram e lançou ensaios sobre a importância do politeísmo nórdico na vida da irmã do meio da Björk.

Humoristas e concursos literários. Outro tópico a ser lembrado numa explanação que pretende ser circunspecta. A chance de um autor humorístico ganhar, por exemplo, um prêmio da Fundação Biblioteca Nacional é a mesma que um papagaio tem de soletrar *pneumoultramicroscopicossilicovulcanoconiótico* — sem gaguejar.

Por isso decidi esquecer o riso e agora adotar o siso. Inclusive, acabei de colocar ponto final em um romance em estilo francamente pós-moderno. Nele, não há narrativa, personagens, plot, diálogos, capítulos, capa, folhas. E, claro, nenhuma editora interessada em ler uma cópia. Defino-me na minibiografia da obra como um seguidor de Schopenhauer e Einsenhower, especialmente a parte das piadas sobre bêbados do general.

É preciso ter coragem de promover a mudança quando chega o momento. Não quero mais ser o café-com-leite das Letras. Se eu for o chá de pata-de-vaca, já é um começo. Luz, quero luz, sei que além das cortinas tem o Pulitzer, o Nobel, o Troféu Imprensa. E, se o preço for bancar o sério, entrar para panelinhas, brigar por voto na ABL, estou disposto a pagar à vista.

Aliás, falando em dinheiro, se alguém souber de algum frila no núcleo de humor da Rede Globo, manda mensagem inbox.

UM LIVRO DE GEORGES PEREC

Para Maria Alice Zocchio
e Pierre Masato

Lembro-me de alguém me aconselhando a ler um texto de Georges Perec, mas não me vinha à cabeça o título. Havia centenas de coisas envolvidas naquela lembrança. O dia estava particularmente estranho, como sempre fica onde moro. Do ponto de vista climático, quero dizer. Tentei achar o volume com o conto (seria conto?) nas prateleiras e acabei dando com os burros n'água. Aconteceu aquela distração em que se vai até a cozinha pegar um copo de suco e, chegando lá, não se recorda mais o que devia ser feito. Douglas Adams até criou um dicionário onde há palavras inexistentes para sensações assim.

Lembro-me de que, ao buscar a obra perdida de Perec, subi num banquinho de madeira, estilo bossa-nova. Quando pousei os olhos na parte superior da estrutura, vi um livro de Gonçalo M. Tavares. Chamou-me atenção a quantidade de poeira acumulada no móvel. O pó fino se juntara de um modo eficiente e organizado. Pensei que seria mais útil retirar a sujeira do que continuar tentando encontrar o Georges Perec.

Lembro-me de que tive um déjà-vu quando estava me equilibrando sobre o banquinho. Vieram-me as ocasiões em que sofri de sinusite, uma enfermidade que me acompanha cronicamente através dos tempos. A visão da poeira pegou em minha mão e me conduziu a uma crise terrível durante uma viagem a Nova Iorque. Calor, entrar e sair de ambientes refrigerados, o mofo no vetusto quarto de hotel, tudo aquilo foi me colocando de um estado gripal comum a uma inflamação dos seios da face.

Lembro-me de receber o médico do hotel. A consulta, num valor acima das minhas possibilidades, e ainda em dólar. A cara do 'medical doctor' parecida com a do Donald Rumsfeld. E o que dizer de minha patética tentativa de explicar que estava espirrando muito? Não havia meio de me lembrar como se dizia 'espirro' em inglês. Então me levantei da cama e comecei a imitar uma pessoa gripada. "Atchim! Atchim! — *do you understand?*".

Lembro-me do quarto, quase um corredor estreito, carpete verde-musgo, a cama apoiada em uma estrutura frágil de alumínio, ao lado uma cômoda de um material, talvez plástico, que imitava mogno. Nas suas duas gavetas havia, na de baixo, sacos plásticos para mandar roupas para a lavanderia. Na de cima, uma Bíblia do Rei Jaime, em edição de bolso, uma caneta com o nome do hotel inscrito em dourado, cartões postais da Estátua da Liberdade, Soho e Mid-Manhattan. O teto do quarto era de gesso, podiam-se ver inúmeras imperfeições e tortuosidades nele.

Lembro-me de que a recordação me fez espirrar, dessa vez em português. Desandei a esguichar muco feito uma mula e por pouco não caí do banquinho. Tive que me apoiar na primeira coisa que as mãos encontraram na estante, e mesmo assim terminei no chão. Antes de me espanar retirando as finas partículas da roupa com os dedos, vi que trouxera algo lá de cima: o livro *Je me souviens*, de Georges Perec.

EU VOU SAIR DA INTERNET

Começou como uma promessa típica de segunda-feira: "vou sair de todas as redes sociais".

Rubens não era um conectado fanático, mas navegava na internet como todo mundo. Ultimamente, no entanto, andava bastante assustado com o mundo virtual — as pessoas pareciam usar seus celulares como se fossem armas.

Fechar suas páginas pessoais o faria sentir-se melhor. Seguiria um ou outro perfil que admirava, e talvez lhe voltasse aquela paz do mundo pré-web.

Dedicou parte da noite de segunda-feira para ir-se afastando dos portais e microblogs que assinava. Julgava poder realizar o desmame rapidamente. Contudo, algo sempre dificultava o momento de apertar o botão "fechar esta conta" definitivamente. Era um aviso ("deseja mesmo sair?") ou algum longo e chato questionário a ser preenchido com as causas do afastamento.

Em alguns lugares era preciso esperar um link ser enviado ao e-mail para efetivar a separação final, mas o link nunca vinha... Rubens acabou passando aquela noite em claro, às voltas com sua decisão de renunciar à virtualidade.

Na manhã de terça ligou ao trabalho dizendo que não se sentia bem. Ficou mais uma hora na cama, depois continuou durante todo o dia eliminando perfis e deletando contas. Por fim conseguiu. Desligou o computador, colocou o celular numa gaveta e foi dar uma volta no parque.

Caminhava pelo bosque quando notou pessoas apontando smartphones em sua direção. A ação começou com um casal de velhinhos e foi crescendo até chegar a dezenas de indivíduos clicando-o. O que significa isto? — berrou Rubens à turba, mas o número de paparazzi só crescia.

Fugiu do parque correndo e pegou a avenida que beirava o bosque. Agora eram cidadãos de dentro de carros e ônibus que o filmavam. Logo um veículo com uma grande antena e câmeras externas passou a segui-lo de perto. Rubens não sabia, mas entrara em live nas principais redes sociais do mundo.

Os 'curtir' e comentários sobre a imagem de sua desabalada carreira eram tantos que poluíam as telas. Tomado de desespero, entrou por uma viela que dava numa estação de trem. Olhou para trás e não viu mais os carros, nem o veículo de longas antenas. Naquele momento conseguiu se recompor e respirar fundo.

Entrou na estação tentando se esgueirar. Logo uma criança obesa percebeu sua presença. Mãe, olha o homem que abandonou a internet! — berrou o fedelho com uma irritante voz aguda. Veio a saraivada de flashes. Os boletins live voltaram ao ar.

Rubens ficou encurralado entre a multidão e os trilhos. Um portal russo aproveitou a ocasião para pedir a seus seguidores que votassem: Rubens devia pular embaixo da composição ou voltar a se conectar?

Pague US$ 1,99 e confira agora o desfecho de Rubens, ao vivo, e em 3D. Possibilidade de compras no aplicativo.

A LUA DE SCHWOB

Foi no dia em que a NASA registrou uma nova lua de Saturno com o nome de Marcel Schwob. O clima terrestre já vinha apresentando variações; calores piauienses no Ártico, friagens em plena tarde no Saara. Sequências intermináveis de epidemias, vindas de cepas desconhecidas até pelos mais renomados institutos de pesquisa científica, completavam a temporada de estragos no outrora planeta azul. A Terra parecia uma versão cinematográfica exagerada do Apocalipse, de São João Evangelista.

Num dia muito árido, o jovem casal acabara de entrar na suíte de hotel para a tão aguardada lua de mel. Quando ela soltava uma das alças do sutiã, soou o trovão. Trovão, na verdade, não seria a melhor palavra para descrever aquele ribombar. O noivo foi até a janela, já com o discurso pronto para acalmar a parceira, e voltar ao que haviam iniciado. Ao olhar para fora, no entanto, foi difícil crer no que divisava. Trevas envolviam o dia, uma chuva de meteoritos se encaminhava ao solo, ventos dilaceravam qualquer objeto ou ser que se interpusesse à sua frente. Voltando ao leito, e à esposa, sentiu que o prédio se mexia, adernando para a direita. A estrutura do edifício deu um estalo, fazendo a dupla se apavorar. Não havia mais nada a fazer, era sair dali.

* * *

Em doida carreira, deixaram o hotel e ganharam a rua. Depois desceram a avenida principal que levava ao rio. A distância até a beira não era muito grande, mas pareceu uma vida: driblar os fragmentos arremessados pelo vento e evitar as explosões celestes foi épico.

* * *

Atracado a um pequeno píer havia um jet-ski usado pelos turistas para conhecer a flora e a fauna local.

* * *

Em desespero pularam sobre a máquina e aceleraram em direção oposta à hecatombe. Antes plácidas, as águas turvas do rio se engolfavam como se movidas pelas hélices de um liquidificador. Logo, o movimento circular do aguaceiro os cuspiu para as margens. Tombaram sobre um pequeno promontório de onde era possível enxergar, ao longe, todo o demoníaco espetáculo da Terra se autodeglutindo. Enormes bolas de fogo abraçavam os prédios, astros de formato irregular chocavam-se, e os habitantes eram formigas assustadas em meio ao caótico festival de destruição.

* * *

O casal ficou observando a sinfonia espectral em silêncio. Logo notaram que uma língua de fogo, acompanhada por fragmentos de pedra e lava, vinha em sua direção. Os detritos escaldantes ganhavam terreno em alta velocidade, em poucos minutos cairiam sobre o promontório. Foi quando os noivos se entreolharam languidamente. E transaram.

LETRA MORTA

Sou Turíbio Leopoldo. Escritor, poeta, cronista, haicaísta e professor em clubes de tiro brasileiros. Participei dos principais concursos literários nacionais, como Oceanos, Jabuti, Prêmio São Paulo de Literatura. Não pontuei em nenhum deles, mas cheguei em 19º lugar na Corrida dos Garçons com Bandeja, de 2017.

Ministro na Oficina e Autoelétrica do Durval, os cursos "Das impossibilidades ontológicas kierkegaardianas nos relês e velas" e "A chupeta na bateria 12 volts como lugar de fala num mundo desempoderado".

Faço parte do coletivo de poetas da Viação Rio das Pedras. Somos 32 autores lendo seus versos nos ônibus clandestinos que circulam pelas zonas norte e leste do Rio. O projeto conta com o apoio da Secretaria Especial da Cultura, Coco Bambu, Madero e Havan.

Agora, após 17 anos de escritura, estou lançado meu primeiro livro de ficção. Está em pré-venda, a partir de hoje, no site da editora Cretina. O romance, que se chama *Letra Morta*, narra a corrente de consciência de um homem que nunca teve consciência na vida. O resultado é um monólogo interior de 627 páginas totalmente em branco. As outras 40 páginas do livro estão preenchidas com o prefácio do crítico literário, e corretor de imóveis, Ildo Aldo; e o posfácio do criador de cães da raça corgie, Ardemírio Pontes e Rios Jr.

Abaixo, dois pequenos trechos de Ildo e Ardemírio sobre o livro:

"A não-escrita de Turíbio Leopoldo, além de tudo, é não-literatura, não-arte, não-vanguarda. Ou, como diriam as personagens de Rosa, nonada. A página em branco de número 128 é das mais contundentes críticas ao pós-modernismo ocidental já não vistas em toda a literatura latino-americana. A não ler imediatamente".

"O romance Letra Morta *é para a literatura brasileira o que a mala de rodinhas foi para os aeroportos: uma revolução da mobilidade. Ou seja, todos aqueles que lerem a obra de Turíbio Leopoldo imediatamente a mobilizarão de volta à estante, com a mesma facilidade com que empurrariam uma frasqueira para uma esteira de bagagens".*

O lançamento de *Letra Morta* será no próximo dia 19, das 3 às 6 da manhã, no hangar da Líder Jatos Executivos, do aeroporto de Viracopos.

No mesmo dia, farei uma live com Narcisa Tamborindeguy na qual falaremos sobre a boate Hippopotamus e sua influência na fisionomia psíquica dos homens-gabiru do interior piauiense. A live terá a chancela comercial da academia Smart Fit. Narcisa vestirá costumes Riachuelo.

O projeto gráfico de *Letra Morta* foi criado por minha mãe, meu padrasto e minha cunhada. Como a obra é de não-escritura, foi toda pensada para virar objetos usados no dia a dia. Seguindo as instruções disponibilizadas em cada exemplar, o comprador pode transformá-los em abajur, calço de mesa, porta-guardanapos, leque e vibrador.

A fim de colaborarmos com o meio-ambiente, o material da brochura se auto desintegra em 72 horas.

A pré-venda seguirá até dia 31 de dezembro. Os exemplares, caso sejam entregues, serão levados a cada apoiador, em mãos, por minha mãe, meu padrasto e minha cunhada.

RODOLFO E OFÁLDO

Buenas noches, señor delegado. Mi nombre es Rodolfo. Si, voy contarle la historia de como nuestra tchurrascaria "No Rompa las Pelotas" en Villa Madá, San Pablo, se transformó en un negocio completamiente diferiente debido a una serie de eventos desafortunados.

La tchurrascaria era muy famosa por la salsa especial de mi abuelita y nuestras caipiriñas. Todo comenzó cuando contratamos a Ofáldo, un hombre encantador y gran brasileño, para ser nuestro gerente. Al principio, todo iba bien, pero poco a poco comenzamos a notar ciertos problemitas.

Ofáldo hacia cosas extrañas por la noche antes de irse a casa. Una vez lo sorprendimos tomando un paquetito de carne de la heladera, aproximadamiente trescientos o cuatrocientos gramos de vacío. No queríamos pensar mal de Ofáldo, pero las cuentas de la tchurrascaria comenzaron a mostrar pérdidas enormes. Había boi en la línea...

Deicidimos investigar más a fondo y descubrimos que, en un año, Ofáldo había sacado de la heladera alrededor de 175 kilos de vacío. Un poquito de logro todos los días, un pocón de deudas al final. ¡Barbaridad!

Fue entonces cuando lo despedimos y poco después cerramos "No Rompa las Pelotas".

Abreimos una casa de empanadas, también en Madá, pero luego empezó la pandemia. La gente dejó de consumir empanadas y comenzaron a preparar sus propios panes caseros. Nuevamente, tuvimos que cerrar nuestro negocio.

No queríamos volver a Santiago del Estero, así que decidimos abrir un bingo. Sin embargo, duró solo ses meses. Un día, un policía nos dijo que si queríamos continuar con el negocio, debíamos pagarle sobornos. No queríamos involucrarnos en actividades ilegales, así que decidimos buscar otras opciones.

Nos reunimos con la familia y discutimos diferientes ideas hasta que se nos ocurrió abrir un negocio completamiente nuevo: una casa de tolerancia con bingo. Con el covid dissenuéve disminuyendo, mucha gente buscaba opciones diferentes de entretenimiento, así que nos dedicamos a preparar un espacio que pudiera ofrecer diversión para adultos.

Los vecinos de Madá nos apoyaron desde el principio, y cada día más personas se unían a nuestro puterito llamado "Rompa las Pelotas".

La casa de tolerancia con bingo se convirtió en un lugar donde la gente podía relajarse y disfrutar de un buen rato. Al final del día, eso es lo que nos permitió seguir adelante y encontrar el éxito en nuestro nuevo emprendimiento.

Pero no pude perdonar a Ofáldo. Si, señor delegado, ayer por la tarde, o encontré en la calle y golpeé su trasero. Mea culpa. Como se dice en Brasil: "No se roba la carne donde se tchurrasquea la tapa de cuadril".

¿Dónde firmo, señor delegado?

O INFLUENCER TARDIO

Para João Castelo Branco

Seu Fefê chegou à mesa de almoço logo depois dos outros familiares. Enquanto a filha, o neto e o genro se serviam, ele disse:

— Decidi uma coisa: vou ser streamer do Twitch.

Os três olharam para o vovozinho. Responderam, quase ao mesmo tempo:

— O quê?!

— Foi o que vocês ouviram.

A filha perguntou:

— O senhor sabe o que é um streamer, papai?

— É claro que sei. É quem transmite jogos, música, ou qualquer assunto interessante, num site, ao vivo. Eles têm o público deles. E podem ganhar um bom dinheirinho com patrocínios, inscrições. É isso?

— Isso mesmo, pai. Mas o senhor tem 97 anos.

O neto se manifestou:

— Ah, sei lá, acho massa o vô ser influencer. Pronto, falei.

Seu Fefê deu um estalado *gimme five* no garoto.

— Boa, netão, fora que vai ser um belo complemento pro meu aposento. É correr atrás!

Depois de mastigar uma garfada de quiabos ao forno, o genro deu seu ponto de vista:

— Mas o senhor vai falar sobre o quê nesse Twitch, seu Felisberto? Sobre videogames, música eletrônica?

— Vou contar as histórias de quando morei em Ituiutaba na adolescência — informou o nonagenário.

Houve um pesado silêncio à mesa.

Seu Fefê, apesar de tudo, insistiu na lenda pessoal. Algum tempo após esse decisivo almoço, os algoritmos conduziram suas memórias da juventude no Twitch a um seguidor em Belarus. O seguidor achou exótico. Compartilhou com amigos de vários outros países. Os amigos dividiram com amigos de amigos. Assim foi.

Hoje, o *Ituiutabitch*, com mais de 180 milhões de horas vistas, é um dos mais bem pagos influenciadores da internet.

O chato é só fazer as transmissões com a flebite inchando as pernas. O resto é correr atrás.

MAIS UMA CRÔNICA SOBRE A FALTA DE ASSUNTO CRÔNICA

Tenho 15 minutos para escrever esta crônica.

Reunião presencial de novos procedimentos. Foi necessário andar 800 metros, sob chuva, até aportar no local marcado. Acabei chegando em cima da hora.

Tinha me proposto a fazer exercícios três vezes por semana, e o encontro, marcado de última hora, botou a saúde em segundo plano. Sou da categoria de pessoas que carecem de uma certa planificação para iniciar qualquer coisa na vida. Da compra de um imóvel a treinos esportivos. Tinha planejado começar as tais atividades físicas nessa segunda-feira. Com isso garantiria um dia útil de caminhada já no início da semana. E os outros dois treinamentos ficariam para sábado e domingo, quando tudo está um pouco mais calmo.

Infelizmente está cada vez mais difícil prometer-se algo. Numa pandemia então... Quando muito é um chat mais longo num Google Meet da vida.

Minha mãe é idosa, mora no interior, a última vez que falei com ela foi no Ano Novo. Ela se queixa bastante, mas acabou tendo que, aos 90 anos, entrar no WhatsApp para charlar com o filho. É incrível como aprendeu rápido a usar emojis e a enviar GIF's com mensagens do Papa Francisco.

Em função desse rush," também não consigo ler. A leitura ficou reduzida a manchetes de portais da internet e a um ou dois parágrafos de posts jornalísticos. Logo eu que cheguei a devorar *Guerra e Paz* durante uma recuperação de cirurgia.

É comum dizerem que os livros são tudo para o cronista. Leitura e vivência. Como não tenho mais contato com nenhuma das duas, preciso inventar artifícios para entregar meus materiais aos órgãos de imprensa. Fazer aquilo que sempre critiquei no gênero: a narrativa palavra puxa palavra.

Tudo bem que Rubem Braga, com sua vasta experiência na Segunda Grande Guerra e no corpo diplomático, podia se dar ao luxo de produzir o que quisesse. Tudo ótimo que James Joyce, com seus neologismos geniais, teria a licença de conceber linhas que nem a Nora Barnacle entendesse. No meu caso, criar algo que renego, em função da mais prosaica falta de tempo, vem com gosto amargo de derrota.

É triste, mas não há muito a ser feito. A reunião começou atrasada e vai ultrapassar a hora do almoço. Como sempre não acontecerá nada que mude o futuro da humanidade, no entanto sou daqueles que não consegue escrever nas pausas entre jobs. Fico me sentindo culpado e paranoico, imaginando que alguém pode perceber que não estou focado nas problemáticas, sem solucionáticas, do comitê.

A ideia inicial desta crônica eu já pinçara entre várias outras. Seria a história de um engenheiro do Google que inventou um incrível aplicativo no qual podiam-se comprar créditos de tempo. Isso mesmo, como quem compra créditos de celular pré-pago.

Mal consegui desenvolver o esboço do argumento. Sobrou apenas esse tempo exíguo que estou acabando de queimar agora. Se existisse o tal app, eu já o teria instalado em meu celular e talvez logrado postar algo com mais qualidade literária e dentro das regras da arte.

Fica para uma próxima, quando eu tiver mais do que 15 minutos para escrever uma crônica.

Sou livre para escolher quem sou. Desde que não seja eu.

* * *

Quero crer já é meio descrer.

* * *

No news is fake news.

* * *

Demorei um tempão para me conectar comigo mesmo. Esse ano caiu meu servidor.

* * *

A primeira pessoa que cancelei na vida fui eu, na adolescência.

* * *

O fim do progresso é o fim.

* * *

Eu tenho autoconfiança. Só não tenho coragem de usá-la.

* * *

Moderação. Use com moderação.

* * *

Hoje estou mais negativo que um pêndulo.

* * *

A vida começa na penumbra, continua por sombras e acaba em treva.

* * *

Caiu na malha fina, é peixe pequeno.

* * *

Nos tempos bíblicos era o fruto proibido, nos tempos recessivos são os frutos proibitivos.

* * *

No frigir dos ovos, estamos fritos.

* * *

O crente de última hora é o canalha de primeira água.

* * *

Governo: seita cujo objeto de adoração é ele próprio.

* * *

Deus deixou tudo explicado na natureza. Menos a si mesmo.

* * *

Da vida nada se leva? E, por acaso, alguém herda caixão?

* * *

A dízimo dado não se olha os crentes.

* * *

Num lugar escondido, entre a civilização e a barbárie, está o ponto G.

* * *

O estilo é o homem. Mas definitivamente não é mais o homem hétero cis branco europeu.

* * *

Queria ser lembrado como um escritor que fez questão de ser esquecido.

* * *

O merchandising é o teatro do absurdo do marketing.

* * *

A popularidade é a irmã siamesa da mediocridade.

* * *

Ainda prefiro a gritaria das redes sociais à lei do silêncio.

* * *

Vivia andando nas nuvens. Entrou numa de gafanhotos e desapareceu.

* * *

O que é pior, um solteiro tardio ou um casado vadio?

* * *

Dize-me com quem andas e dir-te-ei a marca do teu tênis.

* * *

É melhor ter amor-próprio do que alugado.

* * *

A política é a arte de mentir por inteiro usando meias-verdades.

* * *

No princípio era o verbo. Depois, a verborragia da internet.

* * *

Matar o tempo mata.

* * *

Londres tem a Câmara dos Comuns; Brasília, a dos Horrores.

* * *

Provérbio ateísta: cada um sabe de si, e Deus de ninguém.

* * *

Não tive sogra, não transmiti a mim o legado dessa miséria.

* * *

A arrogância é o vestíbulo da ignorância.

* * *

As regras são para todos, menos para o sexo masculino.

* * *

A senzala continua, só que agora com carteira assinada.

* * *

A fama é filha da infâmia.

* * *

Eu só não rio de mim mesmo porque tenho medo de nunca mais parar de gargalhar.

* * *

Somos todos passageiros da vida. Mas a maioria viaja no porta-malas.

* * *

Se arrancar um quilo da brutalidade dele, ainda fica selvageria pra fazer três torturadores.

* * *

Uma pessoa checa o celular, em média, 150 vezes por dia. Já concluo este raciocínio, só preciso responder uma mensagem.

* * *

Abraçado ao meu fracasso, já fui mais longe do que muito self made man.

* * *

O fracasso dos homens em serem humanos deve fazer os bichos darem muita risada.

* * *

Um dia também fui jovem. Mas era benigno.

* * *

Sem leitores, não há escritores. Sem escritores, não há editoras. Sem editoras, não há leitores.

* * *

Não fazem mais antigamentes como atualmente.

* * *

Pretensão é sempre megalomania, não existe pretensinha.

* * *

Homem: animal que ri e que atualmente também relincha.

* * *

Atrás de uma bola, vem sempre uma criança querendo um videogame.

* * *

Sorri meu primeiro sorriso do dia. Agora, me resta mais um.

* * *

Ser otimista numa hora dessas ou é estupidez ou mau-caratismo.

* * *

Artistas bons vão pro museu, artistas maus vão pra qualquer lugar.

* * *

Quando sairmos desses tempos sombrios, não seremos nem uma sombra do que já fomos.

* * *

Quando a casa vira home office, a família vira companhia limitada.

* * *

Três meias-verdades não é igual a uma verdade e meia.

* * *

Pra onde vai o Brasil, ninguém sabe. Mas, com esse dólar, não deve sair do país tão cedo.

* * *

Se Carnaval fosse bom, folião não usava mortalha.

* * *

Carnaval? Pulo.

* * *

Se o homem é um animal político, o homem político é um animal.

* * *

A fé move montanhas de fanáticos.

* * *

Gorjeta: uma coisa que todo garçom leva em conta.

* * *

O sábio pensa, o sensato pondera, o imbecil posta fake news.

* * *

A selfie é o autorretrato do autocentrado.

* * *

Quem diria que o Brasil, um país tão musical, ficaria assim, tão fora do tom.

* * *

A esquerda, apesar de ateia, é uma igrejinha. A direita, apesar de moralista, é um bordel.

* * *

Lugar de fala é a boca.

* * *

Viramos uma piada, embrulhada numa anedota, dentro de um deboche.

* * *

O mentiroso mente, o mentiroso patológico desconstrói verdades.

* * *

Viver é perder tempo, dinheiro e vergonha.

* * *

A confissão é a delação premiada do cristianismo.

* * *

O Brasil já foi monarquista, escravagista, abolicionista, ufanista, militarista. Hoje é surrealista.

* * *

34 milhões de casas sem esgoto. Que bosta.

* * *

O Gênesis começa com um homem e uma mulher. Como sabemos, não terminou bem.

* * *

Hoje, o maior predicado de um sujeito é ser oculto.

* * *

Para um número cada vez maior de pessoas, pensar é impensável.

* * *

Se tirarem a literatura da minha vida, só ficam as dívidas.

* * *

O mais triste na História do Brasil é que ela é baseada em fatos reais.

* * *

O arroto é a alma da tubaína.

* * *

Série é um curta esticado até virar longa.

* * *

Nossa elite compõe-se de pessoas finas extremamente grossas.

* * *

O brasileiro é um português fabricado na China.

* * *

Insucesso é quando o sucesso é mais importante que a obra.

* * *

Obediência cega cega.

* * *

O nacionalismo é o racismo dos patriotas.

* * *

Nem os filhos da pátria amada aguentam mais a sua mãe gentil.

* * *

"Falo, por que fi-lo?" — questionou-se o Criador.

* * *

A cigarra é uma formiga que fez Humanas.

* * *

Enquanto Deus for do sexo masculino, vai ser o diabo pras mulheres.

* * *

A literatura nacional não precisa de novas apostas, precisa é pagar as apostas que já fez.

* * *

O capitalismo deve ser um tipo de comunismo, já que também não funciona.

* * *

Depois que se mata uma floresta, não é possível desmatá-la.

* * *

Todas as artes são irmãs. Exceto a comédia, essa bastarda.

* * *

Até os anões começam por baixo.

* * *

Obediência demais acaba em desobediência civil.

* * *

A hiena foi o primeiro esboço que Deus fez do racista.

* * *

Quem só se preocupa com a fachada acaba indo morar nos fundos.

* * *

Futebol é 10% físico e 90% dólar.

* * *

A desgraça de agora é o meme de daqui a pouco.

* * *

Pintar os cabelos é hipocrisia capilar.

* * *

Minha memória era fotográfica, hoje nem selfie faz.
Certos ternos valem mais do que muitos homens.
O problema dos políticos é essa mania de imperfeição.
Se viver é envelhecer, estou mais vivo do que nunca.

Carlos Castelo

é escritor, compositor e frasista. Nasceu em Teresina, Piauí, e vive em São Paulo desde os dois anos de idade. Foi um dos criadores do grupo de humor musical Língua de Trapo, ícone da vanguarda paulista na década de 1980. É ainda colunista dos jornais Estadão e O Dia. *Risos no Hospício* é seu 18° livro.

este livro foi editado

no inverno

de 2023